ESPIRITUALIDADE PARA CORAJOSOS

LUIZ FELIPE PONDÉ

ESPIRITUALIDADE PARA CORAJOSOS

Planeta

Copyright © Luiz Felipe Pondé, 2018
Copyright © Editora Planeta do Brasil, 2018
Todos os direitos reservados.

Preparação: Ana Clemente
Revisão: Gualtério de Santa Maria e Maria Aiko Nishijima
Diagramação: Futura
Capa: Mateus Valadares

DADOS INTERNACIONAIS DE CATALOGAÇÃO NA PUBLICAÇÃO (CIP)
ANGÉLICA ILACQUA CRB-8/7057

Pondé, Luiz Felipe
    Espiritualidade para corajosos: a busca de sentido no mundo de hoje / Luiz Felipe Pondé. – São Paulo: Planeta do Brasil, 2018.

ISBN: 978-85-422-1292-1

1. Espiritualidade 2. Vida 3. Filosofia I. Título

18-0335   CDD 133.9

Ao escolher este livro, você está apoiando o manejo responsável das florestas do mundo

2022
Todos os direitos desta edição reservados à
EDITORA PLANETA DO BRASIL LTDA.
Rua Padre João Manuel, 100 – 21º andar
Ed. Horsa II – Cerqueira César
01411-000 – São Paulo-SP
www.planetadelivros.com.br
atendimento@editoraplaneta.com.br

"É porque a vida não tem nenhum sentido que é necessário encontrar um."
Albert Camus

"O acaso é feito à nossa semelhança."
Georges Bernanos

SUMÁRIO

INTRODUÇÃO – UM PEQUENO ESBOÇO DE UMA ESPIRITUALIDADE QUE ME IMPORTA 11

1. O QUE É ESPIRITUALIDADE? 17
2. POR QUE A CORAGEM É NECESSÁRIA PARA SE PENSAR A ESPIRITUALIDADE? AS ALMAS QUE DERRETEM SOB O SOL DE SATÃ – O MEDO NA BASE DA ESPIRITUALIDADE 25
3. ESPIRITUALIDADE PARA IDIOTAS 31
4. ARROUBOS DE VAIDADE 39
5. O QUE É O ESPÍRITO? 43
6. A REGRA DE SÃO BASÍLIO MAGNO COMO EXEMPLO DO VÍNCULO CONSTITUTIVO DA VIDA ESPIRITUAL 51
7. *THE SCHEME OF THINGS* – A ORDEM DAS COISAS 55
8. A ESPIRITUALIDADE DA NATUREZA OU A CONSTANTE ESTOICA – PANTEÍSMO COMO DERIVAÇÃO DA NATUREZA ESPIRITUALIZADA 59
9. A ESPIRITUALIDADE DO DESERTO 65
10. A ESPIRITUALIDADE DA ELEIÇÃO DE ISRAEL 69
11. ESPIRITUALIDADE CRISTÃ GNÓSTICA: A NEGATIVIDADE COMO PRÁTICA E COSMOLOGIA 75

12. ESPIRITUALIDADE TRÁGICA.................................... 81

13. ESPIRITUALIDADE DO ATEÍSMO (KANTIANOS).................. 85

14. EXISTE UMA ESPIRITUALIDADE CRISTÃ? EXISTE UMA
    ESPIRITUALIDADE JUDAICA?...................................91

15. ESPIRITUALIDADE E MÍSTICA................................... 99

16. SERIA O MUNDO CONTEMPORÂNEO IMPERMEÁVEL À
    ESPIRITUALIDADE? POR QUE A PREOCUPAÇÃO COM O "EU"
    TORNARIA UMA PESSOA INCAPAZ DE QUALQUER EXPERIÊNCIA
    ESPIRITUAL VERDADEIRA?.................................... 105

17. EXISTIRIAM ASPECTOS CONTEMPORÂNEOS
    QUE DETERMINARIAM UMA FORMA ESPECÍFICA DE
    ESPIRITUALIDADE?... 109

18. ESPIRITUALIDADE E POLÍTICA.................................115

19. ESPIRITUALIDADE SATÂNICA..................................121

20. O LUGAR DO PECADO NA ESPIRITUALIDADE 127

21. O LUGAR DA MISERICÓRDIA E DO PERDÃO NA
    ESPIRITUALIDADE 131

22. ESPIRITUALIDADE E EROTISMO............................... 135

23. ESPIRITUALIDADE NA PRÉ-HISTÓRIA.......................... 139

24. ESPIRITUALIDADE E INTELIGÊNCIA ARTIFICIAL (IA) 147

25. A COMMODITIZAÇÃO DA ESPIRITUALIDADE E O ESPÍRITO
    NAS REDES SOCIAIS 155

26. ESPIRITUALIDADE LIGHT: INSTITUIÇÃO E
    DESINSTITUCIONALIZAÇÃO................................... 159

27. ESPIRITUALIDADE, SILÊNCIO E SOLIDÃO 167

28. ESPIRITUALIDADE, MORAL E ÉTICA 173
29. ESPIRITUALIDADE PARA COVARDES........................... 177
30. ESPIRITUALIDADE ANIMAL................................... 181
31. ESPERANÇA: MINHA PEQUENA TERRA ESTRANGEIRA 185

INTRODUÇÃO
Um pequeno esboço de uma espiritualidade que me importa

Este livro não é um manual de espiritualidade comum. Tampouco é um livro de história da espiritualidade (eu não seria louco o bastante de tentá-lo). É um livro que parte de uma intuição: a vida não tem sentido evidente, portanto é necessário dar um sentido a ela, como disse o escritor francês Albert Camus (1913--1960). Este é um livro que considera a espiritualidade um tema urgente demais para deixá-lo nas mãos dos pregadores de diferentes manuais de salvação. Enfim, é um livro escrito por alguém sem fé, mas encantado, ainda que de forma um tanto melancólica, pela urgência de viver o que nos resta, e de viver esse "resto" mantendo-nos acima no nível da água.

Alguns princípios temáticos norteiam o processo. O primeiro é a certeza da existência de um vazio no seio da vida, ou da percepção que temos dela. O segundo é a beleza estranha que muitas vezes inunda essa mesma vida, mesmo quando marcada pela dor (o que num filme com Will Smith é chamada de *colateral beauty*), e como essa beleza salva a vida muitas vezes, como acreditava o escritor russo Dostoiévski. O terceiro é a metáfora da peregrinação, do movimento exterior e interior, perfazendo uma coreografia da transformação dessa mesma vida. A metáfora nietzschiana de um deus que soubesse dançar como centro de uma possível espiritualidade criada pelo filósofo do martelo cabe muito bem nessa peregrinação em direção a uma terra muitas vezes estrangeira para formas mais banais de espiritualidade.

No caso específico deste livro, trata-se, portanto, de uma peregrinação a uma terra estrangeira às formas mais comuns de espiritualidade, na medida em que não me atenho aos limites de uma espiritualidade religiosa clássica, apesar de não renegá-la. O percurso que ofereço a você é um percurso marcado pelo "estranho" às formas mais comuns de espiritualidade à mão do "consumidor" contemporâneo de bens espirituais – veremos o que é isso em nosso trajeto. Essa "terra estrangeira", diretamente ligada à ideia de que a coragem e a esperança são as virtudes capitais na espiritualidade, se refere, antes de tudo, a esse continente de temas que, aparentemente, não faria parte da espiritualidade mais conhecida. Quase arriscaria dizer uma espiritualidade que "abre mão de Deus", mas não do sentido que brota das pedras. Quase uma "solução socrática", que, apesar de se reconhecer sempre aquém da resposta, encontra repouso espiritual no movimento da busca. O gozo da peregrinação está exatamente nesse repouso que nos move.

Os temas foram escolhidos sempre a partir desses três marcos. E a ordem em que esses temas aparecem, na forma de capítulos, é a ordem em que eles se apresentaram a mim à medida que busquei entender o que seria a espiritualidade para além de qualquer manual feito para consumo imediato; por isso, sugiro ao leitor que faça o mesmo caminho que fiz.

Quando cito Bernanos, em epígrafe, na abertura deste ensaio, não é por acaso. O acaso é parte da minha experiência cotidiana. Luto contra ele com todas as minhas forças, apesar de saber que perderei, como todos, essa batalha. A contingência reina no mundo, como disse Eurípides, autor trágico, em pleno século V antes de Cristo. Por isso, o meu método foi a contingência. Talvez porque o essencial em todas as formas consistentes de espiritualidade seja a capacidade de olharmos no fundo dos olhos da contingência, assim como quem encara a Medusa.

O percurso parte de uma definição básica de espiritualidade na história do cristianismo, quando surge a palavra, assim como o que é o conceito de espírito. Em seguida, me pergunto por que é necessário coragem para termos uma vida espiritual: porque o medo é um afeto central na vida espiritual, mesmo que exista aí a fim de ser superado ou assimilado.

Enfrento formas inconsistentes de espiritualidade ao longo do percurso, como a espiritualidade para idiotas, a espiritualidade para covardes, a espiritualidade light ou a commoditizada, assim como enfrento minha própria arrogância em perceber a idiotice dos idiotas. A partir daí me lanço em diferentes formas do que entendo por "terra estrangeira" numa vida espiritual. Percorro desde formas negativas de espiritualidade (como o gnosticismo cristão ou a concepção trágica ou a espiritualidade satânica) até questões "de fronteira", como a espiritualidade na pré-história, nas inteligências artificiais ou nos animais.

As relações entre espiritualidade, política, moral, ética, Bíblia, ateísmo, mística, monaquismo cristão, natureza, regras para a vida cotidiana, entre outras referências, marcam também o meu trajeto, antes de tudo, devido ao fato de elas serem quase clássicas em qualquer reflexão sobre espiritualidade.

O mundo contemporâneo e suas demandas de sucesso, autossatisfação e impermeabilidade a uma filosofia que não seja motivacional e centrada no "eu" também encontram lugar nessa busca por um entendimento de espiritualidade que vá além do óbvio, ou de um mero manual para aliviar as dores.

Há, finalmente, um vínculo profundo entre as principais formas de espiritualidade e a busca de sentido na vida. A busca do repouso é uma constante, já que somos uma espécie que caminha sobre a Terra há mais de 100 mil anos, carregando o peso de sua alma e sua consciência. Para mim, ao final, a principal questão é: como ter esperança, quando não há nenhum motivo seguro para tê-la, para além de nossos pequenos sucessos técnicos e científicos? Em nada quero minimizar o valor desses sucessos, pois o valor deles é grandioso, justamente, devido à fragilidade que nos compõe intimamente.

Enfim, fosse esse um texto para academia, eu diria que as palavras-chaves que devem orientar seu percurso comigo são: espiritualidade, ordem das coisas, vazio, medo, contingência, busca de sentido, prática, terra estrangeira, fronteiras, combate e esperança.

CAPÍTULO 1
O que é espiritualidade?

Espiritualidade é um termo polissêmico. Isso em filosofia significa que é um termo cheio de significados. Não só a palavra pode significar diferentes sentidos, dependendo de quem a usa, como também tem uma longa história que vai além do próprio momento de seu "surgimento". As pessoas, em seu dia a dia, quando usam a palavra "espiritualidade" querem dizer algo como uma vida para além da vida meramente material, seja esse "para além" algo ligado a uma tradição religiosa específica, ou mesmo apartado de qualquer uma das tradições religiosas existentes.

Para muitos, estar apartado de qualquer uma dessas tradições é indício de que sua espiritualidade seria mais "verdadeira" e menos contaminada pelas contradições concretas que todas as tradições religiosas carregam em sua história, muitas vezes, sombria. Essa tendência à separação entre religião e espiritualidade é um processo ligado à modernidade e teremos tempo de ver como isso aconteceu, seu significado e seus desdobramentos para a própria ideia de espiritualidade.

Dizer, portanto, o que é espiritualidade é uma tarefa complexa. Como sempre, escrevo este manual para pessoas reais que buscam estabelecer um diálogo um pouco mais concreto e sofisticado entre a realidade e seus problemas, por um lado, e a tradição filosófica e teológica tecnicamente constituída, por outro. Faço isso com o repertório que acabei construindo ao longo de anos de dedicação ao tema, sem nenhuma intenção de defender uma tese em si (já defendi várias ao longo do tempo dedicado à academia, esta instituição à beira da irrelevância, se não se voltar para o mundo real e não o ideal), mas de ajudar essas pessoas reais a entenderem as seguintes questões: O que é espiritualidade? O que seria essa "terra estrangeira" para qual nos dirigimos neste ensaio? Por que buscamos formas de espiritualidade? De onde vem essa necessidade? Como essa necessidade se articula com as mudanças históricas e sociais? Como as distintas formas de espiritualidade se articulam com a ciência? É possível viver sem espiritualidade? Um ateu pode ter espiritualidade? Como se relacionam espiritualidade e coragem? Haveria uma espiritualidade "para" covardes? Afinal, qual a relação entre espiritualidade e busca de sentido na vida? Sendo esta última, talvez, a indagação mais essencial ao longo desse processo.

Essas e outras questões, que podem surgir ao longo da nossa caminhada, serão enfrentadas por nós. Aliás, a espiritualidade é uma forma de combate. Qual combate seria esse? Veremos posteriormente.

O que é espiritualidade? Do ponto de vista meramente histórico, a palavra, ou o conceito, nasce no âmbito do catolicismo francês em meio ao século XVII. Outro termo comum na época, muito próximo à ideia de espiritualidade, era "ciência dos santos". Nesse universo, ambas significam uma vida próxima a Deus e os desdobramentos práticos dessa vida "acompanhada" por Deus. Espiritualidade aqui é um tipo de conhecimento prático (também teórico, mas o que a diferencia é a dimensão prática) que só se adquire com essa intimidade com Deus. Naquele momento, essa "intimidade" era ainda (porque mudará) bastante dependente da liturgia e da ritualística católicas, daí a "ciência dos santos" católicos. A espiritualidade nasce, em grande medida, institucional. Um dos eventos mais marcantes do processo de constituição da ideia de espiritualidade que temos hoje é, justamente, sua "desinstitucionalização", como tudo aliás, a partir da radicalização da modernização burguesa em que vivemos nos últimos séculos. É este processo que nos levará à ideia de espiritualidade como *commodity* (produto à venda), como veremos ao longo da nossa caminhada.

Assim sendo, espiritualidade nasce como uma vida prática e cotidiana "regada" a experiências místicas (contatos íntimos com Deus) mediadas pelos elementos institucionais como missa, oração, magistério, trabalhos físicos. Todavia, é evidente que esse tipo de experiência religiosa (e psicológica) é anterior à palavra espiritualidade, enquanto tal, começar a circular de forma mais presente no século XVII. Portanto, para tratarmos de espiritualidade, teremos que ser "historicamente incorretos": vamos incorrer no pecado metodológico do anacronismo, ou seja, aplicar um conceito para épocas antes de ele existir de fato no repertório linguístico. Mas vale lembrar que pecadores sempre tiveram grandes doses de espiritualidade, muito mais que os bonzinhos. Quem você acha que tinha mais vida espiritual, Madalena ou o bando de mulheres "virtuosas" de sua época? Espiritualidade e pecado é um tema muito caro a qualquer um que queria refletir sobre vida espiritual sem ser banal. Os idiotas da espiritualidade são, justamente, aqueles que pensam que a vida espiritual é sinônimo de "correnteza moral".

Enfim, para mim o que mais determina a busca espiritual, dentro e fora das tradições religiosas, é o sentimento de vazio que nos corrói. Arrisco dizer que mesmo a inteligência artificial, quando chegar a condição de ser livre e criativo cognitivamente, vivenciará esse vazio. Tal sentimento não é mera abstração filosófica, é fato cotidiano, associado a pessoas, ao trabalho, aos afetos, às doenças, aos fracassos, aos constrangimentos. A morte é o nome síntese desse vazio. Minha hipótese de fundo ao longo desta nossa caminhada é que a espiritualidade é uma disciplina que deita raízes no vazio profundo que nos segue dia a dia, nos contaminando com sua falta infinita. Ela também é uma demanda de resposta a ele, não só teórica como prática. E, por isso mesmo, exige coragem de quem o enfrenta de peito aberto. Seja na companhia de Deus, dos deuses, do ateísmo ou do Satanás em pessoa.

Devo esclarecer que o âmbito deste livro é, por um lado, o mundo judaico-cristão, e, por outro, o mundo da filosofia sem religião. Não que outras formas de espiritualidade não sejam importantes, mas vivemos de acordo com nossos limites, e meu limite geográfico é Jerusalém e Atenas. Aliás, essa máxima, "vivemos de acordo com nossos limites", é bastante espiritual, como veremos em seguida. Portanto, outras "demandas culturais" não devem ser feitas a mim. Para os idiotas da pluralidade e do multiculturalismo, devoto minhas sinceras desculpas.

A ESPIRITUALIDADE É UM TEMA URGENTE DEMAIS PARA DEIXÁ-LO NAS MÃOS DOS PREGADORES DE DIFERENTES MANUAIS DE SALVAÇÃO.

CAPÍTULO 2

Por que a coragem é necessária para se pensar a espiritualidade? As almas que derretem sob o sol de Satã – o medo na base da espiritualidade

"O acaso é feito à nossa semelhança" é uma das epígrafes deste livro. Essa é uma afirmação que um dos personagens padres do romance de Georges Bernanos *Sob o sol de Satã* faz num dado momento. Em um tema como espiritualidade somos obrigados a percorrer um caminho longo no que se refere a autores. Mas não vou aborrecer você com nomes e citações. Entre todos os autores que compõem meu universo de diálogo, devo dizer que Georges Bernanos, autor francês do século XX, é o mais importante aqui. Escrevo esse livro sob o sol de Satã, ao qual ele faz referência em seu romance citado acima.

Os idiotas da espiritualidade – vou defini-los em breve – imaginam que a espiritualidade seja algo que trata do "bem", da "felicidade", do "equilíbrio energético", do "paraíso", enfim, de tudo que uma espiritualidade falsa e idiota pensa. Não que não seja, de alguma forma, verdade, um fato real, que dimensões prazerosas, até mesmo eróticas (principalmente no caso das mulheres, esses seres "criados" para o Eros), compõem o universo histórico e psicológico da espiritualidade, com exceção da bobagem descrita acima como "equilíbrio energético" – apesar de que trataremos de ideias assim justamente quando estivermos analisando a espiritualidade para idiotas.

Não. Espiritualidade não começa com nenhuma forma de equilíbrio. Ao contrário. Qualquer forma consistente de espiritualidade começa com a agonia, ou com o vazio do qual falava acima, nos termos de Bernanos, com o acaso feito à nossa semelhança, ou com Satã como companheiro de vida – como no caso do personagem principal do romance citado aqui. Pouco importa o repertório cultural, o percurso é sempre o de enfrentamento da condição humana dada numa interpretação cosmológica específica, com ou sem deuses. Essa condição humana é de sofrimento, limites, desespero experimentado numa visão do universo que explica, sustenta, condena ou redime essa mesma condição. No caso judaico-cristão, começamos com o pecado, conceito-chave de nossa condição antropológica e cosmológica. Mas a espiritualidade vai além de um universo religioso enquanto tal e adentra o terreno do ateísmo absoluto, como veremos em breve. Há espiritualidade nas diferentes formas de descrença num sentido último da vida, por incrível que possa parecer. Este é um exemplo da "terra estrangeira" à qual faço referência no subtítulo deste livro.

O romance citado de Bernanos se abre com a "história de Mouchette". A "mosquinha". Germaine é seu nome verdadeiro, menina provinciana de aproximadamente 16 anos de idade. O trecho seguinte do romance, "a tentação do desespero", apresenta o verdadeiro personagem principal da trama, padre Donissan, que ao longo do restante do romance será visto (ou não) como um santo. E aqui está o foco maior da trama: qual seria sua forma específica de santidade?

Mas, primeiro, Mouchette. Grávida, mentirosa, falsa, agressiva, assassina, doce, desesperada. Primeira hospedeira do que será descrito no restante do romance: Mouchette derrete sob a ação do mal, entendido como um princípio destrutivo de sua personalidade. O desencontro consigo mesma, vivido sob o avassalador signo da agonia no mundo, do desejo sexual sem repouso, da sedução de todos os homens a sua volta, em cada pequeno gesto, num fio de cabelo molhado, num vestido sujo de lama, numa galocha atolada na chuva, levando-a a causar a destruição das pessoas a sua volta, além de si mesma, que se torna uma sonâmbula após a criança morta que sai de suas entranhas. O Satanás de Bernanos prefere as almas inocentes porque sua queda é sempre mais dramática e terrível para quem assiste. Não há por que sacrificar serpentes aos deuses, mas apenas animais mansos e meninas virgens e jovens. O gosto de sangue aqui é o maior prazer. O sangue inocente tem mais gosto e, assim, supostamente, acalma a sede de "divindades" atormentadas como nosso Satanás cristão.

Toda santidade pressupõe teologicamente um carisma. No sentido mais comum, podemos pensar em carismas como ajudar os pobres, os doentes, os presos, os assassinos, a conversão de infiéis, enfim, um trabalho de cuidado com as "ovelhas desgarradas". No caso de nosso santo de Lumbres (título dado ao padre Donissan na parte em que sua santidade é "posta à prova"), seu carisma é maior e mais dramático. Num dado momento do romance, o Satanás se apresenta ao pobre padre (apresentado como um jovem ingênuo, atabalhoado, com dificuldade de fala, péssimo aluno no seminário, quase um incapaz para o sacerdócio) como sendo um "enviado de Deus". Sim. Deus envia o Demônio como companheiro do pobre padre para o resto de sua vida. Esse é seu carisma: a intimidade com o mal. Intimidade essa que destruirá a sanidade e a segurança do jovem sacerdote, eternamente em dúvida se Deus seria capaz de tamanha maldade, ou se essa mesma "maldade" é a maior prova de amor para com "seu eleito". Apenas a atenção à mais fina teologia da santidade no mundo israelita e cristão pode compreender tal hipótese espiritual.

Um santo é um especialista do mal. Donissan viverá sua vida sempre diante do Satanás, que será mais íntimo dele do que ele será de si mesmo, numa corruptela brilhante da máxima agostiniana em suas *Confissões*: a beleza imensa e tardia em sua vida, Deus, que transforma sua vida espiritual de pecador em santo católico. Donissan é um Agostinho (séculos IV e V) ao contrário. Sua espiritualidade será um teste cotidiano de enfrentamento dessa intimidade enlouquecedora. Mas não precisamos seguir Donissan até o fim. Basta retermos de sua triste e encantadora história um ensinamento espiritual essencial para quem se aventura nos mares da espiritualidade: a tormenta é seu elemento, a agonia de quem sabe mais acerca da condição humana do que o comum dos humanos. A noite escura da alma, como dirá outro santo, são João da Cruz (século XVI), é sua estrada, antes de qualquer beleza tardia e avassaladora. Amém.

É esse convite que fazemos a você. Sem coragem, é melhor converter-se num idiota da espiritualidade. É o que veremos na sequência: uma espiritualidade para idiotas. Este trecho do livro é dedicado ao gigantesco rebanho de idiotas que habitam o mundo, esses nossos irmãos.

CAPÍTULO 3
Espiritualidade para idiotas

Sim, todos temos direitos iguais, mesmo em sendo idiotas. Aqui trataremos especificamente de um tipo de idiota: aquele que busca sua "salvação espiritual" num site, num workshop de três dias no campo, num *day temple spa*, na física quântica, na pseudociência, enfim, em formas empobrecidas de espiritualidade a serviço do abismal desespero presente na condição humana. Falamos dele acima, mas é sempre bom lembrar do que funda a espiritualidade: o medo da finitude e do mal. Outra coisa a lembrarmos: espiritualidade é uma prática, mais do que propriamente uma teoria – ainda que também o seja de modo essencial. Mais uma coisa: como vamos falar de uma forma de espiritualidade para idiotas (para resolver logo esse assunto e voltar ao que interessa), e a idiotia sendo uma forma de doença contagiosa, cuidado para você não se contaminar no processo de entendimento do tema e sair correndo atrás de uma cura quântica qualquer levada a cabo por algum neoxamã da Vila Madalena.

A chave para entendermos como funciona a espiritualidade para idiotas é vê-la como um barateamento do medo abismal que funda a espiritualidade em geral. É uma forma de dizer que não é tão difícil superar o esmagamento do espírito pelo pressentimento da catástrofe. Ela se alimenta dessa mesma "imaginação da catástrofe" (termo do escritor americano Henry James, que viveu entre os séculos XIX e XX), porém a nega frontalmente.

Uma primeira forma de ver essa negação é a afirmação do "eu" como centro da vida espiritual nas diversas formas de adesão às distintas formas de espiritualidade para idiotas. Como veremos em breve, o "eu" é parte do problema, não da solução em qualquer reflexão espiritual de fato. O lugar que ele, o "eu", ocupa nas formas de espiritualidade para idiotas é de agente do desapego do mundo, quando nas formas mais sofisticadas de espiritualidade o desapego é mais função de um certo "esmagamento do eu" pelo processo em si do que por uma decisão de desapegar-se por conta do bem-estar que esse desapego causará ao "eu". A lógica da espiritualidade para idiotas é narcísica, esse é o problema. O mundo divino serve ao homem.

Outro traço marcante é a contaminação dessa forma de espiritualidade pela indústria cultural. Todos sabemos que toda religião e espiritualidade são formas culturais, e, portanto, estão permeadas pelos elementos culturais aos quais "pertencem". No caso dessa forma específica de espiritualidade, o modo de apropriação é instrumental, isto é, se faz da mesma forma que se compra uma marca de desodorante: a mais barata, a com melhor (ou sem) perfume, a mais famosa, e por aí vai. A contaminação se dá por "modas de comportamento" e consumo. Faz-se uma "salada" de elementos que compõe um todo sem quase nenhuma coerência, mas com um objetivo preciso: fazer você "dormir bem" e ter uma vida equilibrada de modo superficial. Além, claro, de ajudar você a emagrecer.

O imaginário da espiritualidade sempre foi vasto e próximo à ideia de infinito e de natureza. O cinema de extraterrestres alimenta bastante essas formas de espiritualidade "quântica", assim como seu vocabulário pretensamente não religioso, apaixonado pela ideia de "energia": vaga o suficiente, científica o insuficiente, mas captada pelo senso comum como científica o suficiente. Os próprios ETs e seus "superpoderes" servem de receptáculos para a imagem de divindades antigas, como todos sabemos. A natureza aqui é "alcançada" em qualquer farmácia de manipulação mais descolada. Mas será essa mesma "natureza descolada", supostamente crítica de preconceitos "patriarcais", que alimentará o dia a dia dessa forma de espiritualidade por intermédio de lendas pagãs falsas, criadas no último final de semana. A religião pagã europeia, tal como os idiotas da espiritualidade creem, nunca existiu para além das *Brumas de Avalon* ou dos delírios de um Aleister Crowley – este, pelo menos, tendo a virtude de algum mal "verdadeiro" em si mesmo.

Modas alimentares, associadas a "deuses sem glúten" (a bola da vez), também traem a ansiedade dos idiotas por uma saúde imediata. Vale lembrar que o sofrimento humano passa pela sensação de que a catástrofe é, inclusive, fisiológica: somos insuficientes em nós mesmos, dependendo o tempo todo de matéria exterior para continuarmos vivos. Essa continuidade é a "substância" da saúde. A saúde é, em si, o melhor exemplo do que é impermanência.

A obsessão pelo "equilíbrio energético" como busca e "hipótese diagnóstica" para todos os males é uma marca dessa forma de espiritualidade. A expressão traz consigo o "valor" da semântica científica (como vimos logo acima), associada à noção de uma vida que não se perde nem no bem nem no mal, portanto "não julga" nada, nem em si mesma, nem a sua volta. Nada mais tentador para uma têmpera contemporânea dada as superficialidades. Elimina-se, assim, uma discussão espiritual profunda, em que perder-se no mal, vendo-se distante do bem, é uma das maiores provas de vida espiritual que alguém pode ter, como nosso padre Donissan e a infeliz Mouchette acima.

Por último, mas não menos importante, a ausência de vínculos práticos condena essa forma de espiritualidade ao efêmero dos dias de curto alcance. Enquanto toda espiritualidade é mais uma prática do que uma "simples" teoria, esta forma é apenas verborrágica ou vagamente terapêutica (workshops...). A sensibilidade contemporânea reage mal ao peso da verdade espiritual (nosso impasse existencial essencial), portanto a espiritualidade para idiotas é a forma de dizer que buscamos enfrentar a condição humana de modo espiritual, quando na verdade a negamos. Toda espiritualidade é uma viagem ao olho do furacão do vazio humano. A para idiotas é uma fuga amedrontada desse mesmo vazio humano.

As mídias sociais e sua capilaridade abriram o mercado para essa forma de espiritualidade, que já existia havia muito tempo, numa escala gigantesca – como tudo em rede. Há que se perguntar, entretanto, se sempre não existiram formas de espiritualidade para idiotas. E mais: se "toda" forma de espiritualidade não seria para idiotas de alguma forma, na medida em que toda religião se alimenta de crenças improváveis. Quando discutirmos a espiritualidade no ateísmo veremos que é possível uma lida espiritual com a vida sem uma crença numa forma qualquer de divindade, e, por isso mesmo, ainda que correndo o risco de "salvar a espiritualidade" sustentando-a na "inteligência do ateísmo" – o que não é minha intenção –, aqui o argumento se faz consistente já que a dúvida com relação à validade de qualquer espiritualidade estaria no caráter inconsistente das crenças religiosas conhecidas. Posso ser ateu e ter uma vida espiritual de fato. Mas uma verdadeira espiritualidade de ateus não passa pela frívola crença de que um ateu é alguém mais inteligente ou corajoso do que um crente. Ao contrário, um ateu pode ser apenas uma espécie de covarde travestido de ousado, como um suicida apenas teórico.

Não há dúvida de que sempre existiram e existirão "picaretas do espírito". Mas basta acessarmos o rico manancial de textos e práticas espirituais as mais variadas para vermos que grande parte delas sempre foi um enfrentamento prático e teórico do abismo do vazio humano, logo nem todas foram ou são para idiotas que fogem desse vazio. A verdade última sobre a espiritualidade para idiotas é que ela talvez seja, em alguma medida, uma versão empobrecida de uma espiritualidade para covardes.

Antes de seguirmos nosso percurso, uma questão básica: o que é o espírito? Veremos isso abaixo, mas, antes, um pequeno reparo sobre arroubos de vaidade.

CAPÍTULO 4
Arroubos de vaidade

Sei que você pode ter se divertido com o que eu disse sobre a espiritualidade para idiotas. Ou ficado ofendido por ser um deles. Não, na verdade não estou muito preocupado com o que você sentiu. Mas o capítulo anterior pode ser visto como um arroubo de vaidade, traço marcante de gente como eu, com um repertório maior que a maioria, com uma capacidade maior de articulação que a maioria, enfim, com mais talento e dinheiro que a maioria. Não retiro uma palavra sequer do que eu disse sobre a espiritualidade para idiotas, do ponto de vista sociológico e histórico: trata-se de um fenômeno de commoditização (veremos o que é isso em breve; por enquanto, se você for um apressado, olhe no Google) barata da busca espiritual. Dito isso, vamos a algo mais importante que isso, do ponto de vista espiritual.

Do ponto de vista espiritual, minha descrição da espiritualidade para idiotas é um sintoma claro de arroubo de vaidade. E a vaidade é mortal em se tratando de espiritualidade. Entre mim e eles, em matéria espiritual, eu estaria mais longe de Deus (ou de qualquer conceito que valha a pena em espiritualidade) do que eles. E por quê? Porque eles buscam as "bobagens" que buscam porque sofrem, e eu desdenho desse desespero apontando as inconsistências (reais) de seus "achados".

Quem está em agonia com a condição humana está sempre mais perto do significado desta. As pessoas descritas por mim como "idiotas" são, na verdade, seres humanos, como eu, em agonia. A insuficiência que nos caracteriza nos leva desesperadamente à busca de significados para essa dor da insuficiência. Claro que minha crítica funciona como uma espécie de "controle de qualidade" da espiritualidade, mas peca em falta de misericórdia. E a verdadeira misericórdia só existe quando eu sei que eu mesmo sou o primeiro a precisar dela. Aliás, por isso que a misericórdia em Deus é encantadora: Ele não precisa de nada.

No capítulo anterior, eu terminei prometendo que iria esclarecer, afinal, o que é espírito. E vamos a isso agora. Mas sempre lembrando que, às vezes, a pressa e a obsessão pela definição plena das palavras mata o sentido delas. O silêncio das palavras, muitas vezes, fala mais que seus ruídos. E o silêncio tem um lugar essencial na espiritualidade. Já o ruído está mais para seu inferno.

CAPÍTULO 5
O que é o espírito?

Não há consenso histórico sobre o que venha a ser o "espírito". Isso, evidentemente, não impede que você use a palavra para significar algo no ser humano que vai além da "mera" vida material, ou uma sensação de que exista algo de essencial a ser descoberto em nossa vida. Esse "algo" seria o espírito. O instrumento dessa sensação.

Mesmo que excluamos ideias como o espírito de Deus ou o espírito santo, como farei neste nosso percurso, ainda permanece uma razoável imprecisão semântica, ou seja, pouca clareza do significado da palavra "espírito". Tomo como ponto de partida que a vida espiritual no judaísmo e no cristianismo pressupõe noções como a do espírito de Deus (no judaísmo e no cristianismo) e do espírito santo (no cristianismo) e, que, portanto, tais noções estão implicadas na experiência prática e teórica da espiritualidade. Mas não "definirei" o que são ambos (por "ambos" refiro-me ao espírito de Deus e espírito santo), pois iríamos muito longe do escopo desta obra introdutória. Minha atenção aqui é entender a dimensão propriamente humana da vida espiritual, com Deus ou sem qualquer deus, indo em direção ao que poderia ser compreendido como aquilo que transcende o mundo propriamente humano.

Na filosofia grega, "espírito" pode ser compreendido em seu sentido intelectual (ou "intelectualista" para os críticos de um entendimento de espírito próximo à ideia de intelecto) como sendo o "*nous*", ou a parte mais "alta" da alma em Aristóteles. Trata-se daquela dimensão que só nós humanos temos, para além do que nos une aos vegetais e animais (dimensão vegetativa da alma) ou para além dos animais (dimensão volitiva da alma que é causa do movimento autônomo ausente nos vegetais). A dimensão intelectual ou intelectiva (intelecto é a tradução latina para o "*nous*" grego) é responsável pelo movimento autônomo racional, ausente nos animais.

Neste sentido, o espírito é aquele que conhece, reconhece e reproduz a ordem cósmica (presente no princípio inteligente do universo, em Aristóteles, o "primeiro motor"). Essa reprodução é tanto no campo do conhecimento científico ou filosófico quanto no ordenamento social e político. A percepção de uma ordem cósmica (*the scheme of things*) é essencial na quase totalidade das formas de espiritualidade. Para alguns, essa ordem é o centro da busca espiritual. Como veremos na espiritualidade no ateísmo, a ausência dessa ordem é também o ponto central do qual partirá toda a busca espiritual.

Já no mundo bíblico israelita (incluindo a época em que viveu o Jesus histórico) a ideia de espírito relaciona-se mais ao coração como centro da vida intelectual, moral e afetiva. No hebraísmo antigo se pensa com o coração. É ele que "vê" Deus. A dimensão prática dessa "visão espiritual de Deus" é muito forte, na medida em que o Deus israelita se relaciona com seus heróis (inclusive Jesus de Nazaré), mandando-os fazer coisas. É um Deus prático, não gosta de covardes e preguiçosos. Por isso, filósofos judeus como Franz Rosenzweig, Martin Buber e Emmanuel Levinas, todos no século XX, afirmam ser o judaísmo uma religião pouco especulativa (com exceção do "momento cabala", que não nos interessa aqui) e muito ética. A ética seria a ciência primeira no hebraísmo e no judaísmo histórico, diferente da filosofia grega que tem a ontologia (filosofia que pensa o ser primeiro das coisas) como seu princípio de entendimento do mundo, logo ciência primeira.

A dimensão prática da espiritualidade já aparece em sua raiz israelita. Espiritualidade aqui é a intimidade com Deus que marca o povo de Israel. Ela é psicológica, como se diz no mundo contemporâneo, porque toca o indivíduo, ela é histórica na medida em que define a identidade e o destino do povo no tempo, ela é social e política na medida em que organiza a vida cotidiana em comunidade e as formas de poder e soberania, ela é moral na medida em que determina o que é o bem e o mal, ela é religiosa na medida em que se institui na normatividade da tradição e do templo. Nesse sentido, espiritualidade é quase a ciência bíblica total, sendo seu centro o coração. O mesmo coração que Agostinho nos séculos IV e V dirá ser o local onde age a graça, transformando a vontade e o intelecto caídos. Órgão em que se opera a cura de Deus sobre o homens.

O coração permanecerá mais presente como "órgão espiritual" no Ocidente que o intelecto, ainda que a interação entre as duas formas de entendimento da vida espiritual, *grosso modo*, grega e israelita, venha a alimentar o entendimento de espiritualidade no Ocidente ao longo de sua história. A espiritualidade terá, assim, sempre, uma face múltipla: intelectual (intelecto), afetiva (coração) e prática (física).

Os escolásticos medievais (se você não sabe quem eram os "escolásticos medievais", olhe no Google ou similar) entendiam que "espírito" é aquilo que existe sem qualquer relação de dependência com a matéria. Logo, só Deus é plenamente espiritual (sem entrar em delírios sobre anjos...). Mas os seres humanos têm uma dimensão espiritual que é sua alma não material e eterna. Todavia essa alma é, em si, necessariamente, associada ao corpo em sua vida na terra (Terra planeta e terra como solo onde pisamos). Se a vida espiritual significa, escolasticamente, a vida "além" da matéria, em nosso caso ela "implica" a matéria (corpo), já que qualquer vida espiritual humana, de fato, se dá "neste mundo" concreto em que vivemos. Por isso a espiritualidade verdadeira não pode se dissociar da vida do corpo, da vida "na matéria". Espiritualidade será sempre uma prática que enlaça corpo e alma, espírito e natureza física, e, se por alguma razão esse "vínculo" desaparece, a espiritualidade tende a se dissipar em formas distintas de verborragias pseudoespirituais, como no caso da espiritualidade para idiotas.

Assim sendo, não há espiritualidade sem esse "vínculo" integrativo entre o material e o imaterial no homem. Entre sua alma e seu corpo. Entre seu intelecto e seu coração. Entre sua esperada eternidade futura e sua materialidade presente dada. O cotidiano da vida do espírito é um cotidiano que se realiza nesse vínculo.

É POSSÍVEL VIVER SEM ESPIRITUALIDADE?

CAPÍTULO 6

A regra de são Basílio Magno como exemplo do vínculo constitutivo da vida espiritual

Como exemplo dessa dimensão "múltipla" (coração, intelecto, prática) do entendimento da espiritualidade, podemos citar, a título de ilustração essencial, a famosa regra do monge cristão capadócio, considerado um dos "pais da Igreja", Basílio Magno (330-379). Para nosso monge, a vida espiritual tem três dimensões essenciais (essas três dimensões se transformaram numa regra clássica da vida monástica no cristianismo): a oração ou contemplação de Deus, o estudo da literatura sagrada e o trabalho físico, seja na agricultura, seja no pastoreio ou na lavagem de banheiros.

Pensemos de forma um pouco mais detida nessa regra, e, se você me entender, terá grande chance de conceber o que vem a ser a espiritualidade para além da espiritualidade para idiotas descrita acima. Espiritualidade é sobre vínculos entre as partes que constituem nossa vida. A experiência desse vínculo produz em nós a sensação de conhecermos o significado das coisas. E esse conhecimento é concreto como saber segurar uma planta enquanto se vê nela a assinatura de Deus e, ao mesmo tempo, a efemeridade de tudo que vive e respira.

A literatura especializada diz que no início do cristianismo era comum os "padres do deserto" (os monges) "mastigarem" ou "ruminarem" os Salmos do rei Davi enquanto cozinhavam ou aravam a terra. Esse ato produzia uma espécie de alteração cognitiva, porque essa oração acabava por se constituir numa espécie de mantra. Mantras representam classicamente sonoridades que indicam processos de alteração de consciência, beirando experiências místicas. Mantras podem ser também "físicos", como no caso dos dervixes islâmicos que giram, giram, giram...

Ao mesmo tempo que alguém arava a terra ou enterrava um irmão monge morto, era possível refletir (além de orar mantricamente) sobre qual o sentido de o rei Davi dizer a Deus, nos Salmos, que a vida dele,

Davi, passava como uma sombra e cabia na palma da mão do Criador.

A percepção dessa efemeridade da vida, associada à repetição do trabalho físico com a terra, símbolo de vida e morte, permanência e impermanência, cujo aroma carrega em si todos esses sentidos expressos nessas mesmas palavras, nos ensina a razão da regra de são Basílio Magno ser tão fundamental na vida espiritual. A literatura sagrada (Salmos), assimilada de cor pela repetição dia após dia, iluminada pelos estudos do texto em si dos Salmos, materializa a dimensão espiritual do esforço físico, empenhado no cuidado com a terra ou com o morto. Oração, estudo e matéria vinculados uns aos outros. A ideia é a integração das três dimensões numa única, iluminando como a vida espiritual é uma só e tende à união entre os homens, assim como Jesus é Um com o Pai, e nós nos tornamos Um com Ele, e um com nós mesmos, reunindo as diferentes dimensões da vida num significado que é espírito e matéria. Vida espiritual é, assim, um vínculo entre dimensões diferentes da vida. A integração aqui seria a responsável pela sensação de uma "qualidade de vida" mais plena. Uma atribuindo significado a outra.

Mesmos nas formas de espiritualidade ligadas à natureza, esse vínculo também permanece. Pensar sobre as leis naturais, conhecer seus segredos, sua permanência e força, perceber nosso lugar nela, como ela nos ultrapassa infinitamente, desenhando sua eternidade, em oposição a nossa impermanência, cultivando nosso "pequeno jardim", enfim, sentindo a dimensão espiritual que nos atravessa e transcende, nos ensinando nosso lugar no cosmo. A busca do encontro com a "ordem das coisas" marca toda forma de busca espiritual, e, nesse processo, nos dá a conhecer o nosso lugar nessa ordem infinita. Quem reconhece o seu lugar repousa nele. Esse lugar, em termos contemporâneos, pode ser psicológico, social, político, estético e mesmo sexual.

CAPÍTULO 7
The scheme of things – A ordem das coisas

Um dos temas-chaves em toda forma de espiritualidade é "a ordem das coisas". Essa expressão tem sinônimos, como ordem do mundo, ordem do ser, ordem do cosmo ou do universo, ou outras similares. O sentido básico é o mesmo: existiria uma ordem no universo e sabendo qual ela é, ou "quem ela é", ou o que ela "quer", como funciona, e se ela tem intencionalidade, como se diz em filosofia (no sentido de ela ter consciência e ter uma intenção como fruto do modo de ser), saberíamos o modo correto, justo, equilibrado e saudável de viver?

O "barato" da vida seria descobrir essa ordem e viver segundo ela (ou contra ela, como no caso dos gnósticos cristãos dos primeiros séculos da era cristã). Essa descoberta teria consequências práticas na vida, além de um conteúdo teórico sobre a realidade última das coisas. Por isso a grande pergunta de toda espiritualidade é: qual a ordem das coisas? Existe uma ordem? A negação dessa ordem produzirá uma forma de espiritualidade específica, muitas vezes compreendida como espiritualidade do ateísmo secular moderno, mas não se reduzindo a esta. A negação de uma ordem última das coisas não necessariamente deságua nas formas comuns de espiritualidade seculares descendentes de Kant (1724-1804). Como veremos posteriormente, uma tal percepção do vazio de qualquer ordem pode também nos levar a formas trágicas de espiritualidade que pouco se relacionam com a tradição kantiana de secularismo.

Claro que no mundo ocidental essa ordem normalmente é Deus. E dele derivam modos de vida como o cristianismo, o judaísmo, o islamismo. No Oriente, também, as concepções de ordenamento do mundo determinam os conteúdos teóricos e práticos das religiões e suas formas espirituais.

Ao longo da história das distintas formas de espiritualidade, essa ordem das coisas foi representada de formas variadas. Essas formas sempre implicam não apenas teorias sobre a realidade das coisas, mas também práticas decorrentes dessas teorias. Portanto, a ordem do mundo não é apenas uma concepção teórica de mundo. Quando o é, pouco impacto tem na vida real das pessoas. Como se sabe bem em estudos da religião, segundo o antropólogo Clifford Geertz (1926-2006), uma religião (ou espiritualidade) tem duas grandes "camadas": a teórica, que fala das narrativas e teorias de mundo, e a prática, que fala dos atos, hábitos e cotidiano das pessoas. A primeira dá sentido à segunda, e a segunda dá materialidade à primeira.

Portanto, a busca pela ordem das coisas é a busca pelo argumento final e absoluto que definiria como eu devo viver meu cotidiano: como devo amar, como devo comer, como devo odiar (se devo odiar), como devo morrer, o que devo esperar da vida, como devo morrer. Engana-se quem pensa que encontrar essa ordem das coisas significa necessariamente uma vida fácil, porque essa pessoa teria achado, finalmente, a resposta última para os enigmas da vida. Na verdade, a espiritualidade começa justamente aí. O que fazer uma vez que encontrei a resposta sobre a ordem das coisas?

CAPÍTULO 8

A espiritualidade da natureza ou a constante estoica – Panteísmo como derivação da natureza espiritualizada

Em filosofia se usa a expressão "constante" quando um tema é recorrente ao longo das diferentes épocas, ainda que com matizes específicos. Um exemplo de constante seria a romântica, ainda que o romantismo seja um movimento historicamente localizado entre meados do século XVIII e fins do XIX. Por constante romântica se quer dizer uma recorrente nostalgia do passado perdido e a sensação de que algo se perde à medida que o tempo avança em direção ao futuro.

Uma outra constante comum na literatura filosófica é a estoica. E esta está diretamente ligada à espiritualidade que tem a natureza em seu centro de atenção e busca.

O estoicismo é um movimento filosófico grego antigo que teve seu apogeu na Roma de Marco Aurélio (121-180) e Sêneca (4 a.C.-65 d.C.). A origem do termo é a palavra grega "*estoia*", "pórtico", onde o fundador do estoicismo, Zenão de Cítio (morto em 264 a.C. em Atenas), ensinava. Seu conceito de "logos" é famoso por representar a racionalidade permanente da natureza ou do universo, única realidade eterna, dentro da qual tudo mais existe em permanente efemeridade. Viver de acordo com o logos é viver de forma sábia. Historicamente, os estoicos vão em busca da vida próxima à natureza e longe da cidade e da civilização. No século XIX, o filósofo americano Henry Thoreau (1817-1862) escreveu seu famoso *Walden*, fruto de dois anos vivendo num bosque (cujo nome era Walden), sozinho e produzindo à mão quase todo o necessário para sua vida. Numa mescla de anarquismo não coletivista e estoicismo, Thoreau escreveu também seu famoso *Discurso sobre a desobediência civil*, defendendo uma distância das leis e das normas sociais. Guardadas as devidas diferenças de época, a proposta tanto do estoicismo quanto de Thoreau é fugir de um mundo que nos demanda mais do que precisamos para termos uma vida tranquila e verdadeira. Essa sensação de que constantemente sofremos porque nos iludimos com nossas próprias necessidades é a constante estoica. A busca de superar essa ilusão só pode ser realizada pela prática de desapego "*apatheia*" ou "ataraxia". A cura da ilusão não é teórica mas prática, por isso Thoreau vai se isolar e "construir" com as próprias mãos a vida cotidiana. Como se a vida física carregasse em si uma redenção que o pensamento é incapaz de criar por si só. Eis o traço marcante de toda forma de espiritualidade verdadeira: o vínculo entre a ideia de como viver, a contemplação da verdade (o logos, neste caso) e a prática cotidiana que dá carne às duas anteriores.

O estoicismo grego é uma clara forma de espiritualidade não religiosa. A busca de viver segundo o logos é o centro dessa vida. Toda espiritualidade busca ver o que é de fato real por detrás das aparências enganosas da vida, e, ao ver essa realidade, se libertar do sofrimento causado por esse engano essencial. E o "mundo social" é o lugar desse engano essencial, uma verdadeira máquina de mentiras a serviço do desconhecimento da verdadeira realidade.

Viver segundo o logos é, antes de tudo, saber diferenciar o que é necessário e permanente do que é falso e desnecessário. A sedução constante do estoicismo está, exatamente, nesse lugar: deixo de me iludir com o "mundo", lugar constante de enganos. Não é à toa que, no capitalismo contemporâneo, o estoicismo seja tão atraente para seres, como nós, esmagados pela demanda de consumo e sucesso, coisas que, ao fim, parecem ser todas umas ilusões.

Meditatio mortis era um termo continuamente usado pelos estoicos para se referir a sua filosofia. Isso significa pensar sobre o caráter efêmero das coisas. Não se apegar a demandas materiais, falar pouco para não dizer besteiras e mentiras, aprender com a natureza o que de fato precisamos: comida, sono, sexo, amigos. Não se revoltar contra o logos porque a revolta geraria ainda mais sofrimentos.

A espiritualidade centrada na natureza não se limita ao estoicismo. Muitas formas religiosas primevas no tempo cultuaram a natureza como uma espécie de divindade. Hoje, também, muitas pessoas buscam a natureza como divindade, mas, na maioria dos casos, essas pessoas caem em formas diversas de espiritualidade para idiotas, como por exemplo eleger lugares descolados na montanha ou na praia, caros e chiques, para brincar de vida "natural". Logo sentem a falta do *wi-fi* e traem o ímpeto natural *fake* que as alimenta.

A natureza como centro da espiritualidade implica a sua beleza e violência, que nos esmaga. A tendência da espiritualidade para idiotas, sendo ela uma forma de mercado, é esvaziar qualquer contradição que fira a "sensibilidade do consumidor espiritual". Por isso, a natureza nessas formas contemporâneas de espiritualidade da natureza tende a ter uma face vegana um tanto "retardada".

O panteísmo (a natureza é Deus ou o contrário), que muitos associam ao filósofo holandês Spinoza (1632-1677), é uma forma filosófica dessa divinização da natureza. Com isso, não quero simplificar o panteísmo, mas como o foco aqui é a espiritualidade em si, e não as sutilezas conceituais do panteísmo, basta reconhecer que a matriz desde onde ele vem em termos espirituais é a ideia de que a natureza ou o universo são realidades divinas.

Não há dúvida de que a natureza é espiritual por excelência: permanente, poderosa, bela, terrível, transcende os limites do humano, nos ensina o que permanece e o que acaba, enfim, toca fundo a nossa necessidade de vencer essa sensação esmagadora de que alguma forma de "mentira" rege o mundo comum cotidiano.

CAPÍTULO 9
A espiritualidade do deserto

Uma derivação direta dos elementos espirituais atribuídos à natureza é a chamada espiritualidade do deserto, presente nas três religiões abraâmicas, judaísmo, cristianismo e islamismo.

Historicamente, o deserto é o cenário constante em que se passam muitos dos fatos essenciais dos heróis dessas três religiões. Mas, independentemente da mitologia associada ao deserto, geograficamente o deserto carrega elementos essenciais para qualquer forma de espiritualidade. Os desafios que ele impõe a nossa natureza física e mental são evidentes: fome, solidão, frio, calor, isolamento, silêncio, ruídos distantes à noite, escuridão, risco de aniquilamento contínuo.

O cristianismo desenvolveu uma espiritualidade específica do deserto conhecida como monaquismo ou monges do deserto. Nos primeiros séculos da era cristã, muitos homens e mulheres fugiram para os desertos no Egito, na Israel antiga, na Síria, na Jordânia, na Grécia, no norte da África, em busca do isolamento purificador. A distância do mundo social associada à labuta pela sobrevivência proporcionavam o cenário ideal ao desenvolvimento do espírito bíblico: o Deus de Israel é um Deus do deserto que colocou sua tenda nas trevas de sua eternidade e mistério. O povo de Israel é um povo do deserto. O deserto torna inútil grande parte da parafernália social e material. O acúmulo de bens no deserto é absolutamente inútil.

A própria constituição dele (pedras, montanhas, areia) nos remete à noção clássica de que tudo é vaidade ou nuvem de nadas, como diz o texto bíblico do Eclesiastes. Viver a verdade última é perceber que tudo passa como uma sombra, só Deus permanece. O gosto da areia na boca, sua presença nos olhos, sensorialmente, nos despertaria para o nada que nos constitui, e, com isso, nos libertaria do sono dogmático dos iludidos. O deserto é o lugar do nada no mundo.

Os elementos físicos, tão importantes nas formas consistentes de espiritualidade, abundam no deserto, por isso tantos homens e mulheres buscam nele o melhor lugar para escapar do sofrimento, que é fruto da vaidade humana.

As transformações psicológicas, para nos mantermos dentro de uma linguagem "científica", que seguem o impacto da vida no deserto são evidentes: aprofundamento do autoconhecimento como consequência da solidão e do silêncio (elementos espirituais em si e independentes do cenário do deserto), adaptação a condições de vida empobrecidas e limitadas, longos períodos de isolamento produzindo as condições ideais para o reconhecimento final da condição humana no cosmo.

CAPÍTULO 10
A espiritualidade da eleição de Israel

No capítulo anterior em que falava do personagem do padre Donissan, criado por Bernanos em seu romance *Sob o sol de Satã*, eu dizia que ele havia sido eleito por Deus para ter como companheiro de vida o Satanás, determinando uma intimidade com o mal numa dimensão que ninguém nunca experimentara.

Volto aqui à ideia de "eleição de Israel", ideia essa comumente muito mal interpretada pelo cristianismo mais apressado. Correntes contemporâneas do cristianismo neopentecostal chegam a pensar que a eleição de Israel significa que se você colocar um judeu no meio do deserto ele ficará rico em poucos dias, ou, se você aceitar o espírito santo em seu coração, você ganhará muito dinheiro.

Apesar de estar teológica e espiritualmente muito longe do que de fato significa a eleição de Israel, essa mentalidade neopentecostal, que alguns chamam de "teologia da prosperidade", produz um fenômeno observável que se constitui numa certa melhoria das condições materiais de vida entre fiéis convertidos que pode ser facilmente compreendida se atentarmos para elementos sociológicos da conversão em si. O pertencimento a grupos religiosos de forte componente de convívio social, em comparação ao que era a vida desse convertido antes da adesão à igreja, pode sim significar melhoria nas condições materiais de vida, uma vez que a adesão implica uma vida mais regular, mais contida em termos de vícios morais, que implicam desintegração das famílias e gastos decorrentes, além de ajuda na aquisição de empregos por parte dos "irmãos da congregação". Inevitavelmente, processos como esses podem melhorar as condições materiais de vida imediata dos conversos. Fenômenos como esses é que levam à crença na teologia da prosperidade e ao consequente equívoco na interpretação do que seria a eleição de Israel – no caso, os conversos estariam na condição de uma "nova" tribo de eleitos.

Mas, para além do fato sociológico observável, a espiritualidade da eleição de Israel está a anos-luz de distância da ideia de enriquecimento que um cristianismo mais pobre teologicamente é capaz de entender.

A eleição de Israel significa a proximidade incontrolável de Deus na vida dos israelitas. E a proximidade de Deus é sempre aterrorizante, por isso no Yom Kippur (Dia do Perdão), por exemplo, quando se toca o shofar, se cobre a cabeça e se vira de costas para a Torá, como símbolo de respeito e temor pela proximidade de Deus que o toque do shofar significaria.

A intimidade cotidiana e histórica com Deus diminui, de certa forma, o livre-arbítrio dos israelitas, fazendo com que Deus "os use" ao seu bel-prazer quando quiser se comunicar com a humanidade. Essa intimidade, que se desdobra primeiramente em demandas normativas conhecidas como "mandamentos" (*mitzvot*), tem como consequência o fato de que a vida de um israelita é atravessada constantemente pelo transcendente. Ele carrega consigo o sagrado, fazendo de sua vida uma espécie de presença contínua de Deus a sua volta. Do ponto de vista concreto, é como se sua consciência fosse *a priori* coabitada por Deus. Por isso um israelita fala com Deus de forma mais íntima, "bate-boca com Ele" e, às vezes, parece se relacionar com Deus como se Este fosse um "primo" íntimo dele.

A eleição de Israel faz dos judeus seres "da raça de Deus". Isso, historicamente, significa viver com a mão de Deus sobre sua cabeça. E como disse o profeta Jeremias, viver com a mão de Deus sobre a cabeça pode ser uma maldição. Por isso o profeta dizia que seria melhor ter morrido no útero de sua mãe.

Para além da narrativa israelita propriamente dita, a espiritualidade da eleição de Israel carrega consigo um caráter universal, visto em muitas outras religiões, e muito na vida dos santos católicos, como o fato de que a intimidade com Deus exaure a alma do eleito, devora seu corpo, invade seus sonhos e projetos de vida, exige dele uma fidelidade a Deus, que, mesmo que não fosse sua intenção tê-la, ele será para sempre obrigado a vivê-la. Enfim, uma espécie de maldição santa. Aquele a quem Deus escolhe nunca mais terá a "privacidade" de uma pessoa normal. Por isso alguns arriscam dizer "que Deus me proteja de Ele me eleger".

QUEM ESTÁ EM AGONIA COM A CONDIÇÃO HUMANA ESTÁ SEMPRE MAIS PERTO DO SIGNIFICADO DESTA.

CAPÍTULO 11
Espiritualidade cristã gnóstica: a negatividade como prática e cosmologia

A heresia dos primeiros séculos da era cristã conhecida como gnosticismo é objeto de grande controvérsia entre especialistas. Não me interessam aqui as polêmicas metodológicas acerca do alcance e da identidade histórica precisa desses que ficaram conhecidos como cristãos gnósticos. Mesmo aqueles que negam a existência em grande número de um movimento cristão específico chamado gnosticismo jamais negaram suas afirmações teológicas, antropológicas, cosmológicas e, por consequência, espirituais. A controvérsia metodológica se atém mais especificamente às terminologias utilizadas pelos autores dos "evangelhos gnósticos" para si mesmos. Muito do que sabemos sobre esses hereges é fruto do que seus críticos cristãos "oficiais" nos legaram, assim como suas supostas práticas moralmente monstruosas, próximas à literatura posterior de autores como o marquês de Sade no século XVIII. No que temos de sua literatura original, nada há de práticas perversas como prescrição de vida.

Mas, quanto à cosmologia descrita em muitos desses "evangelhos gnósticos", não há muito que se discutir porque hoje, desde os anos 1940, temos muitos de seus textos à mão, a maioria deles encontrada na região egípcia conhecida como Nag Hammadi. E é essa cosmologia que nos interessa aqui para refletirmos um pouco sobre o que seria uma espiritualidade negativa em sua forma mais radical.

Segundo algumas das narrativas ditas gnósticas, o mundo foi criado por um deus mau. A humanidade estaria dividida em três tipos básicos. O primeiro, seres hílicos (*hilos* = matéria, em grego), seriam feitos apenas de matéria, e viveriam a vida como animais a caminho do matadouro, rindo, reproduzindo, comendo e chorando no caminho. O segundo, psíquicos (*psique* = alma, em grego), teriam alma, por isso pressentiriam que há algo errado no mundo, mas não saberiam o que é, por isso procuravam desesperadamente alguém que explicasse a eles o que se passava e ensinasse e eles como vencer esse mal-estar. Seguiam gurus espirituais. Vale dizer que, para os gnósticos ou pneumáticos (já explicarei o que essas palavras querem dizer), os psíquicos eram os cristãos "oficiais". O terceiro tipo, os gnósticos (*gnose* = conhecimento, em grego) ou pneumáticos (os que têm espírito, *pneuma* = espírito, em grego), eram os únicos que sabiam o que se passava: o mundo fora criado por um deus mau, o "demiurgo", e, portanto, não havia salvação para o mundo, uma câmara de tortura criada para as delícias perversas do demiurgo. Por isso, os gnósticos fugiam do mundo, e até onde sabemos viviam sem sexo ou praticavam sexo oral, anal ou simplesmente homossexual, a fim de não levar adiante a criação infame do demiurgo.

 O que tornava os gnósticos especiais era que eles detinham uma centelha da matéria sublime do *agnostos theos*, o Deus desconhecido, que nada tinha a ver com a Criação (a causa desse "parentesco ontológico" com o Deus desconhecido é objeto de várias versões e não entrarei nelas aqui). Jesus veio despertar essa centelha e alertar seus "semelhantes" (Jesus era matéria pura do espírito do Pai silencioso ou Deus desconhecido, por isso os cristãos gnósticos eram docetitas, isto é, acreditavam que Jesus era puro espírito divino e nada tinha em si de matéria de criatura) acerca do horror que era a Criação, a sociedade, as religiões institucionais, enfim, o mundo tal como o conhecemos.

A máxima espiritual era a fuga e a busca de identificar outros semelhantes que, ao despertar, sairiam da condição de "sono dogmático", como era chamado o sono dos ignorantes acerca do acosmismo (termo técnico em filosofia para dizer que o cosmo é, na verdade, desordem e não ordem).

Vejamos então. Se uma questão essencial na espiritualidade é a busca de conhecer a ordem das coisas (*the scheme of things*), no gnosticismo essa ordem é má. Logo, a espiritualidade será negativa, contrária a tudo que nos ligue ao mundo. Vemos que a tendência à fuga do mundo se repete nesse caso, à semelhança do estoicismo, ainda que de forma mais dramática. Um gnóstico não é um estoico que vê sabedoria em viver segundo a natureza e suas leis que fazem de nós seres efêmeros. Um gnóstico é uma raça de seres que vivem uma espiritualidade de perseguidos porque sabem mais do que a imensa maioria de idiotas que creem firmemente no mundo e na sociedade, pensando que o problema deles é apenas a necessidade de um "ajuste", quando, para os gnósticos, não há nenhuma redenção possível, a não ser se esconder dessa ordem o melhor possível, sabendo que ela o perseguirá e o destruirá em algum momento.

O grande ganho ou diferencial da espiritualidade gnóstica, do seu pessimismo cosmológico ou acosmismo, é a ideia de que ter um espírito desperto faz de você alguém, que mesmo perseguido, em minoria, sem chances de vencer, detém um conhecimento que o torna uma espécie de aristocrata espiritual em meio a um rebanho de desesperados. Talvez nenhuma forma de espiritualidade tenha erguido a noção de consciência e lucidez ao nível do gnosticismo, fazendo dessa lucidez uma prática de constante fuga de qualquer ilusão. A espiritualidade negativa do gnosticismo é um paradigma inigualável para a noção de que espiritualidade é uma forma de conhecimento superior que poucos suportariam ter.

CAPÍTULO 12
Espiritualidade trágica

Esta forma de espiritualidade está próxima da gnóstica mas, ao mesmo tempo, muito distante. O termo "trágico" vem do grego antigo "*tragos*", bode, animal oferecido em sacrifício ao deus Dionísio e outros. A dramaturgia grega conhecida como tragédia vem do culto a Dionísio em grande medida. Nela, o homem é o bode no altar do sacrifício, o herói ou a heroína são sacrificados nas mãos do destino, tecido pelas três moiras cegas, e das forças que os esmagam, seja de que forma for. A cultura grega era profundamente marcada (não só ela na antiguidade) pela sensação de falta de saída diante das forças divinas, representantes da ordem das coisas. Talvez, um historiador diria que isso se deve à materialidade da ausência de muitas opções de liberdade social, política, econômica e psicológica da época, produzindo o sentimento óbvio de destino esmagador.

Seja como for, a religião trágica grega será sempre percebida como aquela da falta de liberdade e da indiferença dos deuses para com os anseios de autonomia dos homens. O estudo da dramaturgia trágica revela, justamente, que o período glorioso das peças trágicas de Ésquilo, Sófocles e Eurípides, o final do século VI e o século V (a.C.), é o momento em que a Grécia começa a refletir sobre esse homem esmagado contra o destino (as moiras) e os deuses. Não por acaso, será o mesmo momento em que surgirão a democracia grega e a véspera do nascimento da filosofia.

Quando o espírito trágico chega à filosofia grega, ele chega como filosofia da contingência cega em Epicuro, e na romana como negação da ordem da natureza em Lucrécio. A afirmação de que a ordem das coisas é a contingência, ou seja, de que não há ordem das coisas, é o centro da espiritualidade trágica. Filósofos como Nietzsche são a grande marca de concepções trágicas. A cegueira das moiras gregas (aquelas que teciam o destino) se transforma na cegueira de uma ordem cósmica que é inexistente. Nada tem sentido único nem último. Diferente da espiritualidade gnóstica, aqui não há nenhuma divindade feita para nos torturar, não há, portanto, uma negatividade absoluta, mas, à semelhança da espiritualidade gnóstica, aqui há uma indiferença da inexistência da ordem cósmica a torturar nossa expectativa de um sentido último das coisas.

Trata-se de um caso claro de espiritualidade ateia, no sentido de uma espiritualidade sem deuses. Mas, como veremos, diferente da moderna espiritualidade de cepa kantiana, que embora ateia (Kant, filósofo do século XVIII, em si não era ateu), se apega fortemente a uma defesa de uma ordem racional produzida na sociedade pelo uso da razão compartilhada entre os cidadãos, a espiritualidade trágica não crê em nenhuma forma final de ordem, seja cósmica, seja natural, seja social.

A espiritualidade trágica parte da decisão a ser tomada diante do seguinte fato: o universo é indiferente a nossa busca de sermos amados por ele, e, ao final, perdemos a batalha. A ordem das coisas é destrutiva da vida – independentemente do que a espiritualidade para idiotas afirma em seus restaurantes veganos. Deprimimos ou festejamos a contingência presente na (des)ordem das coisas? Autores como Nietzsche no século XIX e Clément

Rosset no tempo presente defendem o espírito alegre diante da contingência porque contingência é liberdade. A outra possibilidade é a melancolia que não serve à busca de enfrentamento da realidade que caracteriza todas as formas de espiritualidade, pois são formas de busca de "saúde" e não de "doença", por isso ser tão confundida com autoajuda.

    A alegria trágica é o nome do espírito livre nietzschiano. E como ele é? Aquele que celebra a vida justamente porque ela é frágil e finita e sem sentido. A espiritualidade trágica tira sentido das pedras e com isso gera força. Suas virtudes básicas são coragem e a busca por uma vida estética, que nos leva a sua beleza única, mesmo que permeada pelos danos que ela nos causa. Viver é perder-se. O contrário é a miséria de uma existência mesquinha. *Aesthesis* em grego é sensação. A busca por uma vida estética é a busca pelo gosto da vida. A resposta à pergunta pelo sentido da vida é o gosto dela. Esse gosto implica "sorver a vida como água gelada" quando você tem sede e, ao mesmo tempo, cuidar dessa fragilidade com o toque de mãos que tremem diante de tanto risco.

CAPÍTULO 13

Espiritualidade do ateísmo (kantianos)

Quando se fala em espiritualidade no ateísmo se pensa, normalmente, em autores como Luc Ferry e seu kantismo. A ideia básica é de que ser ateu – no sentido primeiro de não se crer no Deus ocidental, mas a posição é aplicável a qualquer deus – não implica não se ter nenhuma forma de fundamento moral. E mais: não implica ser alguém sem qualquer sentido na vida devido à descrença. Ou seja: você pode não ter fé e ainda assim encontrar sentido na vida. Isso, para mim, me parece óbvio.

Mas a verdade é que essa forma de espiritualidade muitas vezes soa um tanto defensiva, porque permanece numa posição que tenta responder ao ceticismo de fundo, temido como passo anterior para o niilismo final. O momento "positivo" dela reside, após a defesa da possibilidade ética, social e política, no "salto para o amor pelo outro", mesmo que sem a fundamentação transcendental de Deus.

Essa marca é herdada do próprio Kant, inspirador máximo dessa forma de espiritualidade. O filósofo alemão perdia o sono com a crítica cética à metafísica e aos costumes feita pelo escocês David Hume no mesmo século XVIII. Segundo Hume, nada mais do que o hábito (conceito típico de autores céticos) sustenta a moral, a ciência e a fé. Nada além do que o hábito estabilizado ao longo do tempo nos leva a crer na relação entre causa e efeito na ciência – no sentido de que nada garante que o universo não venha a ruir a qualquer momento –, e, pior, a crer nos costumes (na moral que define o que é o bem e o mal). A fé em Deus, sem sustento nenhum numa razão claudicante diante da dúvida cética, desmorona, e, com ela, a fundamentação transcendental dos costumes morais.

Nesse sentido, Kant encontrará refúgio na afirmação de que "no lugar" de Deus teremos uma moral baseada na universalidade da razão prática, ou seja, no imperativo categórico. Aja de forma tal a que seu ato venha a ser erguido em norma universal de comportamento. O que significa dizer que você só pode fazer um ato moral quando todos podem agir como você. Se vale para um, vale para todos. O medo de Kant diante do risco cético e niilista de Hume será herdado pelos ateus que querem sustentar uma resposta espiritual ao vazio universal, sem o apelo à presença de Deus como fundamentação universal do bem. Daí um certo caráter "envergonhado" dessa forma de espiritualidade que parece se movimentar numa atmosfera de dívida para com a "morte de Deus", pelo menos como sustentação do bem.

A universalidade racional do ato moral, na espiritualidade de tradição kantiana, se constituirá na defesa do vínculo social e político como fundamentação do combate ao risco do vazio de sentido. A sociedade que busca o bem de todos é o grande objeto dessa forma de espiritualidade. Daí o discurso de teor cívico que ela transmite.

Uma vez feita essa defesa do bem de matriz social e política, o caminho seguirá em direção ao caráter "racional" do amor prático de Kant. Viva como se amasse ao outro mesmo que não amemos a todos. Esse vínculo, que transforma o amor cristão num imperativo categórico prático, será o segundo momento. A ideia é de que, numa sociedade em que as pessoas desejam o bem de todos, o vazio de sentido será, pelo menos, em parte enfrentado pela melhoria das condições relacionais no mundo.

A espiritualidade, nesse sentido, será essencialmente cívica, contida, mas supostamente confiável, devido ao avanço moral dessas mesmas relações entre as pessoas a sua volta. Podendo mesmo chegar a experiência de que o convívio social seja epifânico, na medida em que vemos o outro como nosso irmão, um igual, no enfrentamento cotidiano de um universo que perdeu a sustentação transcendente, mas que, nem por isso perdeu a imanência (o mundo em que vivemos) como objeto a ser cuidado a cada dia. A espiritualidade de matriz kantiana deve nos tornar seres mais confiáveis, e isso não deixa de ter, ainda que de forma frágil, uma certa beleza concreta e cotidiana.

ESPIRITUALIDADE SERÁ SEMPRE UMA PRÁTICA QUE ENLAÇA CORPO E ALMA, ESPÍRITO E NATUREZA FÍSICA.

CAPÍTULO 14

Existe uma espiritualidade cristã? Existe uma espiritualidade judaica?

Ainda que o tema pareça óbvio, as respostas são múltiplas e nem sempre harmônicas. Minha intenção aqui será dar uma resposta para cada uma dessas perguntas que funcionem como um núcleo de um denominador comum válido para qualquer "simpatia teológica" que você alimentar.

No caso do cristianismo, a história da espiritualidade organiza, na realidade, o entendimento que temos da palavra "espiritualidade", como vimos acima. Há muita relação entre a história da mística cristã e da espiritualidade cristã, mas não tratarei dessa questão aqui porque abaixo dedico um capítulo específico a essa profunda relação. Todavia, ainda que em terreno um tanto "clássico" em matéria de espiritualidade, o leitor não deve jamais esquecer que este é um manual para uma peregrinação a terra estrangeira.

Vale notar que o cristianismo "aprofunda" a ideia de "espírito de Deus" ("Ruah"), no sentido da Bíblia hebraica, e dá a Ele um significado próximo a uma entidade em si dentro da conhecida trindade. Não vou me dedicar às raízes judaicas do cristianismo porque esse tema nos levaria muito longe da intenção deste breve manual. E também nos obrigaria a visitar as raízes gregas do cristianismo, sendo este uma espécie de casamento entre Jerusalém e Atenas.

A ideia de espírito santo levará o cristianismo à criação de uma verdadeira teologia espiritual no sentido de pensar a ação do espírito santo, sua natureza e alcance. Mas este tampouco é meu interesse aqui.

A espiritualidade cristã pode ser pensada de várias formas, mas a mais encantadora, na minha opinião, é a espiritualidade da graça, que nos leva diretamente à ideia de amor cristão (*caritas*), que é, por sua vez, uma das faces da própria graça. Sabemos da vasta literatura ao redor de santo Agostinho (354-430) e sua controvérsia ao redor da graça contra os pelagianos. Posteriormente, Lutero (1483-1546) e Calvino (1509-1564), os grandes reformadores, também se debruçarão sobre o tema da graça, associando-o sempre, mais ou menos, à teoria da predestinação agostiniana (voltarei logo a ela). Já no XVII, os jansenistas, com Blaise Pascal (1623-1662) como seu maior representante, também se dedicaram à mesma tradição. No XX, Bernanos, já citado acima, retomará a ideia de graça como centro da vida espiritual cristã. Qual é essa ideia?

O personagem do padre no livro de Bernanos *Diário de um pároco de aldeia*, alcoólatra, no leito de morte, afirma "tudo é graça". Em Agostinho é conhecida sua teoria da predestinação segundo a qual Deus escolhe os "eleitos da graça" sem levar em conta seus méritos. Essa posição pode ser interpretada como sendo uma antropologia profundamente negativa na qual o esforço humano para ser bom não seria levado em conta, humilhando o ser humano. Mas o foco da posição agostiniana, independentemente de toda a polêmica em volta, é o orgulho humano como cegueira para a graça. A ideia é que, se você se "revolta" contra o fato de que Deus daria a graça para quem Ele bem entender, é porque você está cheio de orgulho e rancor. Não é à toa que Agostinho afirma que o centro de todo o pecado é o orgulho, a cegueira e a revolta (contra Deus e contra a vida).

Para Agostinho, quem tem a graça nunca "sabe" que tem a graça porque, por efeito dela mesma, sai da posição orgulhosa de querer se afirmar autossuficiente em relação a Deus (postura de Adão e Eva, herdada por nós). Ao cair nessa posição e perceber sua insuficiência cabal, os homens não podem não ficar revoltados contra a verdade evidente. Não somos *causa sui*, isto é, não somos causa de nós mesmos, só Deus é. Sem a graça de Deus que nos retira do nada e nos mantém no Ser, somos isso mesmo, nada. A revolta contra esse fato nos cega para a realidade de sermos um "presente" (logo, uma graça) para nós mesmos. O ser é graça. Portanto, não se trata de mero "jurisdicismo teológico", mas, sim, da mais profunda espiritualidade que nos abre para o amor desinteressado de Deus por tudo, começando com a origem do próprio ser. Por isso nosso pároco alcóolatra, mergulhado em sua insuficiência do vício, é "capaz" de perceber que tudo é graça. A causa da Criação é o amor de graça que Deus nutre pelo ser.

A espiritualidade da graça é a mesma do amor cristão. Por isso Cristo afirma que só se salva quem perde a vida, no sentido de que enquanto estamos voltados para nós mesmos somos cegos para a graça a nossa volta. Agostinho afirmará que só quem ama é livre porque só quem ama sai de si mesmo e olha para o mundo a sua volta. Quem passa a vida sem amar alguém mais do que a si mesmo jamais adentra, psicologicamente no mínimo, no âmbito da espiritualidade da graça. Essa superação do eu é algo a que o mundo contemporâneo é quase impermeável, por isso a espiritualidade para idiotas cresce entre "eus" atolados no amor por si mesmos.

No hassidismo (e aqui passo ao judaísmo), dois contos nos servem para ilustrar a raiz judaica da associação entre a superação do eu e a da espiritualidade.

O hassidismo é um movimento místico e espiritual judaico que floresceu entre os séculos XVIII e XIX no leste europeu. O nome é dado a partir do termo hebraico "*hesed*", que pode ser traduzido por piedade ou misericórdia e é uma das "*sefirot*", ou "atributo", da árvore da cabala que "descreve" Deus.

Num primeiro conto, um jovem rabino volta uma noite à cidade onde viveu e vê luz na casa de seu antigo mestre. Corre até a porta cheio de saudade e bate. Escuta a voz de seu antigo mestre, já cansada com a idade, perguntando: "Quem é?". Emocionado, ele responde: "Sou eu!". O mestre, por sua vez, diz: "Qualquer um que pense que tem um eu não merece que eu abra a porta a esta hora da noite!".

No segundo conto, um justo morre e vai para o céu. Recebido por Deus, faz o *tour* do paraíso. Ouve um som ensurdecedor vindo de uma porta fechada. Pergunta a Deus o que as pessoas estão gritando e o que é aquela porta fechada. Deus responde que aquilo atrás da porta é o inferno e diz ao justo que abra a porta para saber o que gritavam. Ele abre e ouve: "Eu! Eu! Eu!".

Portanto, o travamento que o amor de si mesmo causa à liberação desse mesmo eu narcísico (em termos contemporâneos) é foco tanto da espiritualidade cristã quanto da judaica.

Mas quero falar de um entendimento de espiritualidade judaica mais ligada à tradição bíblica e à chamada "sabedoria israelita", sabedoria essa que muitos teólogos cristãos contemporâneos entendem ser o que João tem em mente quando em seu prólogo afirma que "O logos se fez carne". Esse logos seria a sabedoria israelita. E qual é essa sabedoria?

São quatro os livros considerados o total da sabedoria israelita. Significam o modo de viver segundo a vontade de Deus. O primeiro é o livro de Provérbios. Este nos diz como os ancestrais viviam e como devemos segui-los. Neste nível, a espiritualidade israelita diz que viver segundo os ancestrais é sábio porque eles nos legaram a vida e o mundo, e, por isso mesmo, atestaram sua sabedoria em garantir sua herança, que somos nós. Quem pode, com certeza, afirmar que nós legaremos algumas heranças ao futuro, quando nem filhos mais queremos ter? O segundo é o livro do Eclesiastes. Este tem na espiritualidade a função de nos ensinar que tudo é pó e vaidade afora Deus, e, assim, nos lembrar nosso lugar no cosmo, contra nossos arroubos de vaidade. Respeito aos ancestrais e à humildade, até aqui. Em seguida, O livro de Jó. Este é o último estágio até o quarto e mais sagrado livro da Bíblia hebraica, o Cântico dos cânticos. Em O livro de Jó, o que está em jogo é a idolatria da própria virtude. Jó se pensava jamais "merecedor" de sofrer. O que se aprende com Jó é que Deus, Aquele que pôs as estrelas no firmamento muito antes de eu e você existirmos, é também o único que pode dizer o que é o justo. A lição que Jó aprende é que jamais devemos pensar que podemos ser juízes de nossa própria virtude. Tendo aprendido a viver segundos nossos ancestrais, dos quais somos a prova cabal, pela nossa simples existência, de Sua maior sabedoria, aprendemos em seguida que apenas Deus de fato é suficiente em Si mesmo. Por fim, aprendemos com Jó que a moral é privilégio de Deus. Nesse percurso, podemos entrar em contato direto com Deus no livro místico Cântico dos cânticos, uma história de amor e desejo. A espiritualidade que brota da sabedoria israelita não é distante da espiritualidade da graça: humildade (Provérbios, Eclesiastes e O livro de Jó) e doçura (traço do Cântico dos cânticos) são irmãs, sendo que a humildade vem primeiro e a doçura é sua irmã caçula. O próprio Lutero disse que o Eclesiastes é um livro sobre a graça.

Encanta-me essa ideia de que apenas desistindo de sermos o centro do mundo e de nossa própria vida somos capazes de experimentar a verdadeira doçura de Deus e da vida.

CAPÍTULO 15
Espiritualidade e mística

A passagem entre o que vimos no capítulo anterior e este é direta. A proximidade entre mística e espiritualidade é tão grande que, no cristianismo, muitos pensam ser a mesma coisa. Eu arriscaria dizer que, quando "comparada" à mística, a espiritualidade é sua dimensão mais prática e cotidiana, mas depende da mística na medida em que, como dizíamos acima, a espiritualidade nasce como a "ciência dos santos".

A mística pode ser definida de várias formas. Segundo Bernard McGinn, maior historiador da mística cristã, a palavra "mística", do grego "escondido", chega ao cristianismo significando as camadas escondidas do texto sagrado a serem descobertas pelo estudo. Daí ela migrará para significar as transformações que passamos ao nos aprofundarmos nesses textos sagrados. Na Idade Média, "mística" será compreendida no sentido que Pseudo-Dionísio, autor do século VI, deu: teologia mística é teologia da dimensão escondida de Deus. Entre a ideia de que místico é o significado mais profundo do texto sagrado e o impacto deste em nós, passamos a ideia de que Deus, em si, "Se esconde". Ter "uma experiência mística" caminhará na direção de descrever o conhecimento direto do Deus escondido, conhecimento este que dissolverá nossa realidade pessoal numa vida atravessada por este Deus que ninguém conhece e que nos liberta de toda a ansiedade com a vida.

Os "místicos medievais" assim são chamados porque descreveram experiências que mais tarde serão vistas como místicas: o conhecimento dessa dimensão escondida de Deus, Deus em sua intimidade, conhecido de forma "vivencial". Entretanto, no âmbito cristão, esses místicos e místicas falam de "desprendimento" (Mestre Eckhart), "aniquilamento" (Marguerite Porete), "nada de Deus" (Mechthild von Magdeburg). O historiador Michel de Certeau (escrevendo no século XX) vai se referir à mística nos séculos XVI e XVII como "um lugar para se perder", este lugar é Deus e o que se perde Nele somos nós, e com essa perda encontramos a liberdade. A "invasão mística" no século XVII, nos termos do estudioso de mística Mino Bergamo, descreve essa tradição do "aniquilamento" medieval como superação do amor de si mesmo.

A espiritualidade mística neste caso é a vida vivida sem os imperativos de satisfação do eu. A insistência na transcendência do que chamamos hoje de "identidade" é o centro desse aniquilamento. Essa transcendência não se manifesta nos textos como alguma forma de despersonalização, apesar de haver sim esse risco em toda experiência mística mais radical. Transcender a "identidade" é existir sem o peso de querer saber o tempo todo quem eu sou, o que eu quero e o que eu penso das coisas. Esses místicos estão muito mais próximos do entendimento de que Deus, em Sua intimidade, se relaciona "melhor" comigo quando estou ocupado do que quando quero "gozar" Sua presença. Por isso mesmo, nos leva de volta à sabedoria da regra de são Basílio Magno descrita acima. A espiritualidade mística é, em si, a superação do gozo místico, em direção ao cuidado com o mundo e com as pessoas que nele habitam. É um cuidado com a Criação. O "gozo" passa a ser o gozo de se tornar livre de si mesmo. Quem ainda pensa que espiritualidade é a busca de si mesmo e do "autoconhecimento gozoso" não saiu da infância espiritual.

O QUE FAZER UMA VEZ QUE ENCONTREI A RESPOSTA SOBRE A ORDEM DAS COISAS?

CAPÍTULO 16

Seria o mundo contemporâneo impermeável à espiritualidade? Por que a preocupação com o "eu" tornaria uma pessoa incapaz de qualquer experiência espiritual verdadeira?

Em capítulos anteriores apontei a necessidade da superação do "eu" como condição necessária para uma experiência espiritual minimamente consistente. Esse tema é um clássico em toda literatura espiritual consistente. Mas por quê?

"Eu" é um conceito moderno e não se encaixa propriamente na literatura espiritual clássica. O mais comum é se falar em alma ou intelecto. Nenhum dos dois tem o peso psicológico e egoico que o "eu" carrega consigo. Mas não é inconsistente fazermos uma relação já que, pelo menos, três referências importantes podem nos guiar nessa relação.

A primeira é o peso do conceito de pecado ou concupiscência como condições do humano que impedem o justo funcionamento da graça, por exemplo, porque tornam o homem vaidoso e autocentrado, e, por consequência, a ação da graça implica, necessariamente, o abandono da condição vaidosa. A segunda é a constante referência, na literatura medieval, da superação da vontade própria em favor da vontade livre, sendo esta a vontade de Deus em nós, e aquela a vontade vaidosa do pecado. A terceira é a ideia de aniquilamento (citada acima) da alma, ou de desprendimento (também citada acima) da alma em favor do "reencontrar-se" na condição em que ela ainda não existia como entidade apartada da substância divina. A propósito, será, exatamente, esse conceito de desprendimento e o "tornar-se parte da substância divina" que custará a condenação de Mestre Eckhart pela inquisição em 1329.

Nos três casos, temos a presença da ideia de condição humana caída como algo que impede sua libertação e a vivência do gozo dessa libertação que levaria a pessoa ao encontro com Deus, sentido último da vida. Mesmo em outras religiões, encontramos a superação de uma vida centrada em si mesma como foco do processo espiritual profundo.

Por sua vez, a vida moderna é muito pautada pela busca pessoal do prazer, centrada na capacidade humana de usar a razão para o próprio bem. O próprio conceito de "individualismo" pressupõe esse processo de autocentramento. A sociedade burguesa moderna pressupõe, por sua vez, uma inteligência egoica operando a serviço desse indivíduo que busca sua autossatisfação. Esta condição poderia ser descrita metaforicamente como uma espécie de "gravidade do eu" que nos leva a viver sempre através das lentes do próprio interesse. Não estamos tão longe, apesar de nada disso implicar a noção em si do pecado, da ideia de vontade própria como impedimento da vida espiritual no cotidiano. Estando dentro do espectro dessa "gravidade", a pessoa dificilmente consegue ver a vida como algo que deve escapar dos interesses próprios. Em uma linguagem mais contemporânea, vivendo na era do narcisismo, tal como descreve Christopher Lasch no fim século passado, somos continuamente inundados pela angústia ou pela ansiedade implicada na escravidão egoica. A prontidão em atender os desejos egoicos, necessariamente, nos leva à incapacidade de superar a ansiedade em servir a esses desejos. O círculo vicioso dessa escravidão é a condição evidente de um "eu" incapaz de libertar-se de si mesmo. A ansiedade, seu afeto essencial.

Por isso a espiritualidade para idiotas sempre fracassa no processo verdadeiro da vida espiritual, uma vez que, preocupada em atender os interesses do "eu", jamais supera o serviço de si mesmo. A felicidade do "eu" nunca é a felicidade espiritual, porque sua condição é a ansiedade contínua de querer fazer do mundo uma máquina de realização de suas pequenas fantasias diárias.

CAPÍTULO 17

Existiriam aspectos contemporâneos que determinariam uma forma específica de espiritualidade?

Toda forma cultural é um fato contido em seu tempo e contexto social. E as formas espirituais são entidades culturais. Assim sendo, seria correto dizer que as épocas encontram temas e formas mais ou menos específicos de narrar suas buscas espirituais. Por outro lado, o homem é um denominador comum a essas diferentes épocas, e, portanto, algo de permanente atravessa as diferentes épocas. Logo, em meio às mudanças de épocas, temos um denominador comum que as une em algum tom semelhante na busca.

Dito isso, é possível rastrearmos alguns tópicos que poderiam compor uma espiritualidade contemporânea, ainda que esta não estivesse completamente distante das anteriores, uma vez que o homem é o mesmo em "essência". Não vou entrar em polêmicas acerca da existência ou não de uma "essência" humana. O simples fato de que somos capazes de entender homens e mulheres que viveram 5 mil anos atrás (ou mais ainda) é a prova de que há um denominador comum que atravessa o tempo e nos mantém unidos numa mesma espécie. Entretanto, são muitas as características do mundo em que vivemos hoje que diferem do passado, e é nessas diferenças que devemos procurar indícios de uma espiritualidade de marca contemporânea.

A primeira delas (não há uma hierarquia nessa descrição) é a superação da eficácia. O mundo contemporâneo é pautado pela busca da eficácia em todos os níveis, do trabalho à vida privada, das "metas" racionais às afetivas. O imperativo da eficácia de resultados seguramente impediria a possibilidade de nos perguntarmos, afinal, qual o sentido de uma vida que se guia, quase totalmente, pela ideia de "bater metas".

Outra marca contemporânea seria o imperativo da produtividade, como desdobramento direto da eficácia. Um cidadão do mundo de hoje vive a vida como uma *start up*. Deve ser inovador e produzir

24/7. Produzir dinheiro, lazer, sexo, saúde, previdência privada, enfim, tudo que um "eu-empresa" seria obrigado a produzir.

Flexibilidade. Tudo deve ser líquido, como dizia Zygmunt Bauman (1925-2017). Ser flexível em tudo, do mercado de trabalho aos investimentos afetivos, implica a redução de investimentos em vínculos de média ou longa duração.

E não esqueçamos da conectividade 24/7. Devemos viver como se cada segundo *off-line* representasse a perda de um negócio essencial para nosso crescimento profissional e pessoal. A vida *off-line* pode até ser signo de lazer, mas jamais uma condição dada no cotidiano – nem um milionário pode se dar a esse luxo porque pode perder tudo, uma vez que não acompanhou os negócios de perto.

"Egoísmo sustentável." Trata-se do egoísmo "do bem" de quem nunca estabelece vínculos "sólidos" para não ter que bancá-los além do tempo da "curtida". Há um certo traço de esterilidade nessa característica que se materializa no amor aos animais em detrimento dos seres humanos.

Para pensarmos numa espiritualidade a partir daí, devemos lembrar que as formas de espiritualidade implicam a superação de uma vida pautada por necessidades que nos afastam do sentido mais profundo da vida e que, ao mesmo tempo, deveriam gerar uma sensação de repouso na condição de estar vivo. Por isso, no capítulo anterior dissemos que a ansiedade como escravidão aos interesses do "eu" impede uma experiência espiritual mais consistente. Uma das marcas desse sentido último, nos limites deste pequeno ensaio, é o enfrentamento do vazio que tanto nos atormenta no seio da consciência da existência.

Nesse sentido, uma espiritualidade contemporânea deve se pautar pela possibilidade de perdermos o medo de não ser eficaz, nem produtivo. Claro que para isso, em alguma medida, você deve ter alguma condição material de vida. Quem negar essa condição para ter alguma espiritualidade no mundo de hoje prega buscando encontrar idiotas. Toda forma de espiritualidade tem um custo material envolvido. Os que negam esse fato são os menos confiáveis.

Outro fator essencial é percebermos que a indiferença para com os outros é sempre indício de falsa espiritualidade, mesmo que a submissão ao desejo do outro também indique alto nível de ansiedade. Esse tema é excepcionalmente delicado, na medida em que superar as expectativas de ser amado pode facilmente ser confundido com a indiferença absoluta para com os outros como forma de defesa contra frustrações. Ainda assim, como rezam as grandes formas clássicas de espiritualidade, a compaixão é um traço de vínculo social profundo entre pessoas que, de fato, percebem como estamos todos lançados ao vazio do ser como experiência cotidiana. Nada mais distante da vida espiritual do que o cinismo para com o mundo que a flexibilidade líquida causa.

Abrir mão da vida conectada 24/7 é inevitável, e isso, mais uma vez, conflita com a ansiedade, afeto contemporâneo por excelência. Por isso tantas modinhas sobre desconexão a nossa volta. Por trás desses modismos reside a verdade do afeto contemporâneo: o esmagamento pelo imperativo de sempre ser capaz de responder a um desejo insaciável que habita em todos nós.

Por último, enfim, fugir da esterilidade afetiva presente na mentira do amor ao mundo como ideia e a recusa dos seres reais que nele habitam, tão caro ao egoísmo sustentável.

Uma síntese dessa espiritualidade seria o enfrentamento da ansiedade do sucesso, ansiedade essa que pressupõe a negação dos sobressaltos do afeto. A vida espiritual contemporânea, como sempre, passa pelo risco de abrir mão da própria vida. E esse passo não se dá num workshop em que você aprende a se amar.

CAPÍTULO 18
Espiritualidade e política

Não me interessa aqui a ideia de que toda religião é política pelo fato de que toda religião é poder e é institucional. Primeiro porque nem toda forma de espiritualidade é institucionalizada de modo evidente e segundo porque não é essa a relação que penso entre religião e política. Não nego o fato de as religiões serem políticas, apenas não é esse o meu foco.

Como venho afirmando ao longo deste breve ensaio, espiritualidade é uma tentativa teórica e prática (sem prática não há espiritualidade) de enfrentar a dura sensação de vazio que assola a existência. Minha pergunta é: como a política se mistura com a espiritualidade? Pretendo discutir dois casos em que isso acontece.

O primeiro é a esperança de redenção política que marca profundamente a política desde o final o século XVIII em autores como Jean-Jacques Rousseau (1712-1778) e que se radicaliza no século XIX em meio à herança imediata do hegelianismo, principalmente através do pensamento de autores como Ludwig Feuerbach (1804-1872) e Karl Marx (1818-1883). O segundo é a tradição conhecida como teologia da libertação no século XX. Este caso depende daquele para se formar.

Rousseau era um calvinista mal resolvido. Sua obra é uma mistura de política e mística do pobre. Segundo ele, a sociedade era uma câmara de tortura a serviço da corrupção dos homens em nome da ganância e da destruição de uma raiz natural pura. Nele se encontram uma mística da natureza em si e uma da natureza humana pré-social. Sua política revolucionária marcará profundamente a revolução francesa de 1789. A ideia básica seria tirar do poder aqueles que se deram bem com a corrupção social e dar o poder àqueles que, menos corruptos, levariam o homem a um quase retorno ao estado pré-social em que a vida mais próxima da perfeição natural existia.

O encontro entre seu pensamento e o de Hegel (1770-1831) cunhará o espaço em que se desenvolverá a espiritualidade política de Feuerbach e Marx. A mística hegeliana da história privilegia a ideia de que a história é a manifestação objetiva do Espírito Absoluto (o Deus de Hegel), ação essa que se dá através da autoconsciência objetiva do homem racional. Essa ação se constituirá numa verdadeira prática política com ares de redenção histórica na qual o Espírito Absoluto se realizará escatologicamente, nos levando a uma utopia de perfeição social em algum momento no futuro. O "determinismo" histórico hegeliano muito se parece com a ideia de uma história salvacionista levada a cabo pela ação racional do homem. Essa é sua dialética: positivo e negativo, constituindo uma síntese sempre superior aos dois momentos anteriores, resolvendo em si as contradições entre eles.

Feuerbach com sua *A essência do cristianismo* pregará a "libertação" do homem de toda alienação nas ideias religiosas constituídas nas hierarquias institucionais religiosas. A essência do cristianismo, segundo ele, será, justamente, essa alienação historicamente constituída.

Marx beberá nos três autores, sendo a crítica de Feuerbach a mais essencial. Buscando acompanhar essa crítica ao cristianismo, Marx acabará por afirmar que defendendo a classe operária como agente histórico em chave hegeliana podemos de modo eficaz realizar o propósito de Feuerbach concretamente. O homem livre de Marx será um agente autopoiético, criador de uma utopia igualitária que nos tirará do sentimento de miséria e imobilismo causado pela paralisia dessa mesma atividade criativa do Espírito. Marx determinará as bases de uma ação social e política que redimirá o mundo e o homem num movimento progressivo e imanente (isto é, sem a alienação no transcendente, instituída no cristianismo que indicava Feuerbach). O sentido da vida é histórico e sua ação é política. Não é à toa que a política de matriz marxista será marcadamente salvacionista e seus agentes terão uma adesão irracional aos seus confusos pressupostos. Marx era um autor brilhante mas confuso e desorganizado. Nunca realizou plenamente seus conceitos nem sua ação. Viveu como um burguês pobre acima de suas posses, pedindo dinheiro a todo mundo, como um clérigo aquém de sua "revolução" que salvaria a todos e que teria a ele como profeta e legislador.

O segundo caso deriva daí, associando a herança marxista ao carisma profético hebraico que tinha como prática o que podemos chamar, de modo um tanto anacrônico, de crítica social e política. Os profetas criticavam duramente os "poderes" de sua época. A teologia da libertação lerá esse profetismo em chave marxista, determinando uma prática político-partidária. A história do PT no Brasil é, em grande parte, essa "encarnação". A liberdade aqui será a libertação da exploração dos mais pobres, tendo estes o papel de agentes da graça redentora do mundo.

O caráter espiritual é evidente. Jesus será uma espécie de Che Guevara divino. E seus agentes, a ação redentora no mundo. Não é por outra razão que a política "de esquerda" nos últimos anos carregará esse perfil de salvadora desse mesmo mundo. De modo quase delirante sonhará com um mundo em que o sentido será dado através da realização do reino de Deus na Terra.

CAPÍTULO 19
Espiritualidade satânica

Existe uma espiritualidade satânica? Sim, principalmente se você abrir mão da ideia de que uma vida espiritual seja essencialmente uma coisa de gente legal. O campo é vasto. Não vou entrar aqui na "história do Demônio". Tampouco me interessa as figuras chifrudas do cinema americano babando para matar pessoas. Entretanto, retenho para nosso diálogo a ideia do Demônio como Lúcifer, um anjo caído, alguém que circula pelo "mundo dos deuses": Lúcifer teria algo a dizer a nós humanos para além do "preconceito" contra ele? Essa é a pergunta que norteia este capítulo. Resta dizer que usarei Satanás e Demônio como sinônimos e não levarei em conta pruridos semânticos.

Pretendo descrever duas formas básicas de espiritualidade satânica. Uma "light", dentro do campo descrito por mim acima como espiritualidade para idiotas, e uma outra, mais "densa", associada ao Demônio como figura libertadora, que assimila as contradições da natureza humana dentro de um campo muito próximo a um hedonismo radical.

A versão "light" está dentro de um ramo "radical" na nova era. Nesses anos de trabalho com o tema mídia e religião, tive a chance de conhecer alguns "exemplares" desse campo. Alguns se dizem satanistas, mas falam de um Satanás enterrado em platitudes contra a Igreja. Uma espécie de libertador de gente pobre oprimida. Com um discurso higienizador de toda tensão que a figura satânica carrega historicamente. Quase como se existisse um grande mal-entendido acerca dele, e que o Demônio fosse apenas um Jesus mais verdadeiro, um sofredor, vítima da "opressão" da Igreja. Um deus para esquisitos góticos do centro de São Paulo. Outro ramo são as figuras vampirescas, mas que também evitam a ideia de mal como parte do campo demoníaco. Por exemplo, vampiros que "limpam" o mundo de más energias, mas jamais sugam sangue de vítimas inocentes. Num mundo em que todos são inocentes, não há lugar para nenhuma forma de verdade.

O que caracteriza todo esse campo das novas espiritualidades é esse uso desidratado de temas espirituais e religiosos, sem qualquer apelo às contradições que a natureza humana carrega em si. O moto comum é que temas como a bruxaria, historicamente próxima ao campo demoníaco, teriam sempre sido reprimidos pela Igreja e pela sociedade porque ela, sim, a bruxaria, representaria o bem do ser humano. Bruxas são mulheres muito inteligentes e poderosas vítimas de uma campanha publicitária malvada.

A segunda forma, mais "densa", é aquela que vê Satanás como um anjo caído que engrandece nossas dimensões sombrias, e que nesse processo, sim, flerta com o mal como nosso destino. Nesse sentido, o homem seria um ser atravessado por desejos avassaladores que quando libertos nos fazem muito próximos de um seguidor do marquês de Sade. A vida espiritual aqui seria uma vida marcada pelo gosto dos limites e do proibido. Como se fôssemos habitados por energias telúricas que têm no desafio da norma um objeto de atração incontrolável.

A libertação estaria justamente nessa prática do desejo como nossa natureza negada. Por isso uma espiritualidade satânica seria, necessariamente, uma espiritualidade do desejo ilimitado. O sexo violento acaba ocupando o centro de uma prática desse tipo e a caça às "virgens", como símbolo de pessoas virtuosas, o objeto mais profundo. O mundo contemporâneo é pouco afeito a uma espiritualidade radical como essa, que aposta no gozo desmesurado como nosso destino, flertando com a destruição como estética sem descanso. De certa forma, a espiritualidade satânica mais "densa" é o oposto de sua forma para consumo "light".

VIVER É PERDER-SE.

CAPÍTULO 20

O lugar do pecado na espiritualidade

A ideia de que há um pecado essencial no ser humano é comum à tradição abraâmica (judaísmo, cristianismo e islamismo). O pecado estaria no centro de uma natureza humana confusa e atormentada pelo orgulho, pela mentira e pela concupiscência sexual. Como uma espécie de defeito pós-queda adâmica. E, como "defeito", podemos retirar do conceito de pecado sua "marca" abraâmica, e ele ainda será importante como traço humano em qualquer percurso espiritual consistente.

Nesse sentido, o pecado ocupa um lugar central no combate espiritual, inclusive porque esse combate se dá dentro do coração humano. O orgulho nos cega, a mentira torna nosso intelecto incapaz de ver nossa própria realidade, o desejo sexual nos escraviza, tornando-nos objetos de nós mesmos e dos outros.

    A vida espiritual pautada pela realidade do pecado deve nos levar à humildade diante de uma natureza que tende a derreter-se diante do calor da vaidade. A vaidade, ocupando todos os espaços de nossa alma, nos impede de escapar da vocação a mentir sobre nós mesmos acima de tudo. A vaidade, palavra que descende direto de "*vanitas*" no latim, é irmã da palavra "vazio". Quanto mais vaidoso, mais vítima do vazio que nos corrói. Uma vez que o intelecto é cooptado por esse processo, ele perde a capacidade de iluminar o percurso cognitivo. Ficamos incapazes de pensar racionalmente, perdendo-nos nas armadilhas da vaidade e da mentira. Incapazes de resistir à atração pelo prazer, o pecado nos revela, como nada, o vazio de ser que nos habita. Há um gozo nesse pecado, e ele nos mantém presos à dinâmica do vazio que dá prazer.

    O valor dessa dinâmica está no fato de que ela trai nossa fraqueza essencial, e tomar consciência dela nos aproxima da verdade de nossa insuficiência. A prática central de uma espiritualidade que tem no pecado sua experiência central é a da humildade como consequência necessária do sentido na vida. Antípoda de um mundo contemporâneo que nega o pecado como autoafirmação. E glorifica o orgulho como assertividade contínua.

Na verdade, o conceito de pecado, como disfunção fora de controle (nem a vontade, nem o intelecto operam fora de sua dinâmica avassaladora) contradiz a liberdade moderna, e, nesse sentido, se faz essencial para a busca da verdade íntima. Por isso que uma espiritualidade que assume o pecado como condição humana implica o atravessamento do deserto interior e o reconhecimento de que jamais seremos senhores em nossa própria casa. A vida espiritual nesse universo é habitada por uma sensação de uma presença em nós, esmagando nossa autonomia. A busca por uma vida que enfrente esse mecanismo "determinista do pecado" é essencial, assim como a tentativa de não dar vazão aos demônios que nos cercam. O pecado, como vimos acima, derrete nossa alma, transfigurando-a em um ser atormentado trancado numa cela de horrores.

Um pecador está sempre mais perto de Deus, justamente por reconhecer sua distância. A negação do pecado é sempre uma tentativa infantil de recusa da dor do amadurecimento, reconhecido como nossa eterna ambivalência diante de qualquer ideia de bem. O bem nos é estranho e essa estranheza nos ajuda a perceber nosso tamanho na imensidão das coisas.

CAPÍTULO 21

O lugar da misericórdia e do perdão na espiritualidade

O nosso lugar na imensidão das coisas. Quando essa imensidão parece nos ver, nos enchemos de temor. Envergonhamo-nos de nossa inveja de tudo que é melhor e maior que nós já que essa imensidão, Deus, pode nos esmagar a qualquer momento, mas não o faz. Se o pecado é essencial na espiritualidade de raiz abraâmica é porque ele está intimamente associado à possibilidade da misericórdia e do perdão. Só um pecador consciente de si (ou alguém que se sabe aquém da pureza) é capaz de perceber a misericórdia e receber o perdão.

A misericórdia está posta na imensidão das coisas que nos contêm. O perdão é a possibilidade de continuar existindo mesmo quando não merecemos. A misericórdia é superior à justiça. Esta é a equiparação entre o erro e o custo moral desse erro. Receber justiça é fundamental quando nós somos vítimas e queremos reparação dessa injustiça. A chave da justiça é a ideia de merecimento. Há, portanto, uma lógica de alguma forma econômica por trás da ideia de justiça. Esta em nada se parece com o perdão. Não partilham o mesmo DNA, nem a mesma natureza.

Na misericórdia e no perdão não há merecimento em nenhum lugar da cadeia de ação. Dizer a frase: "Eu mereço seu perdão" é como dizer "Vejo um círculo quadrado".

Só se experimenta o perdão quando alguém se sabe pecador ou culpado. Só a experiência da culpa torna a pessoa capaz de receber o perdão como fato psicológico ou espiritual. É porque eu sei que não mereço o perdão que posso recebê-lo. Mesmo se alguém quiser me perdoar e eu não me reconhecer não merecedor, eu não terei a experiência do perdão. Esse é um relaxamento profundo de todas as fibras da alma, assim como um banho morno num corpo cansado ao final do dia. É o sentimento de que a imensidão das coisas é capaz de entender nossa miséria e dar acolhimento a ela em seu coração, por isso "misericórdia", um coração que se encontra na miséria, e esse encontro implica uma transformação do vazio em beleza. Do sofrimento em repouso.

Talvez uma das faces mais poderosas da espiritualidade seja esse encanto com o repouso. Num mundo em que o erro é punido continuamente com o fracasso, o repouso pode ser a última face de Deus. Mas assim como alguém que nunca esteve de fato extenuado pelo peso da existência jamais sentirá a doçura do repouso, alguém que não se reconhece no fundo do poço moral jamais pressentirá a misericórdia como laço entre as pessoas ou o perdão como uma graça. A vida prática em meio a essa vivência é o melhor espaço para alguém se sentir em paz com o vazio que nos habita. Ao invés de combatê-lo, sentamos junto a ele e o percebemos como parte de nossa natureza.

CAPÍTULO 22
Espiritualidade e erotismo

A mulher é o centro do erotismo na espiritualidade. Tal fato é atestado nos desejos femininos medievais de lamber Jesus até sua última gota... de sangue.

Com isso, não nego que figuras masculinas possam ocupar o centro do erotismo na vida espiritual. Nem que o fato de as mulheres, normalmente, estarem em foco nas narrativas eróticas em matéria religiosa ou espiritual não seja fruto de uma imaginação masculina dominante na realização material da cultura. Entretanto, para mim, como objeto atormentado pela beleza feminina, me parece muito normal que a mulher seja o foco do erotismo espiritual, já que, como dissemos no início de nosso percurso, em matéria humana, o espírito está sempre, de certa forma, inundado pelo corpo.

A Bíblia hebraica, comumente, usa a expressão "conhece uma mulher" como sinônimo de fazer sexo com ela. O sentido aqui é evidente: conhecer uma mulher é penetrar nela, sendo a "função desta" ser penetrada. Virgens são oferecidas aos deuses, mesmo as deusas. Devorá-las ou deflorá-las é, comumente, parte de um processo iniciático. Penetrar uma mulher é tocar o fundo de seu ser. E o prazer que ela sente em ser penetrada é aquele de sentir que ela vive nesse momento a razão e o sentido último de sua existência. Só sendo penetrada ela realiza sua potência de ser geradora de vida. Eis o segredo do gozo feminino.

Para além da figura feminina, a ideia de Eros como uma energia que nos eleva além do banal paira sobre a obra do mais místico dos filósofos da antiga Atenas, Platão. Eros como uma força que nos eleva em direção ao conhecimento do Um, gerador da vida. Porém, para além dessa dimensão platônica, o lugar do erotismo na vida espiritual é aquele do autoabandono ao gozo do que nos ultrapassa.

Se a mística, como dissemos acima, é "um lugar para se perder", o erotismo na vida espiritual representa o gozo desse perder-se. Interromper o fluxo contínuo de uma consciência extenuada depois de um excitamento gigantesco, presente no desejo praticado.

A prática espiritual imersa no erotismo nos retira, continuamente, de uma rotina esvaziada de prazer, nos revelando que a vida do espírito nunca foi uma vida sem graça, porque a própria existência da graça pode ser pressentida na união de dois corpos que se pertencem, numa intimidade que ultrapassa os limites da vergonha. Uma vida espiritual sem dimensão erótica está sempre aquém do que significa ser um ser de corpo e alma. Quem goza no gozo é a alma. O gosto de uma mulher é sua alma escondida. O segredo de uma vida pode estar entre as pernas de uma mulher. A vida espiritual pode depender da língua.

CAPÍTULO 23

Espiritualidade na pré-história

Pouco sabemos da vida espiritual ou religiosa na pré-história. Pouco sabemos de tudo nesse período essencial da vida humana. Como podemos entender minimamente uma época que quase não deixou vestígio para além de artefatos simples e meramente cotidianos?

A nosso favor, apesar das diferenças técnicas, sociais e políticas gigantescas entre eles e nós, temos o fato de que nossos antepassados eram *Homo sapiens* como nós, e, portanto, carregavam com eles os mesmos traços cognitivos, racionais ou irracionais e afetivos que ainda hoje nos determinam, inclusive por conta da mesma base fisiológica e neuronal. Dito isso, podemos supor que seria racional uma análise de como seria a vida desses nossos ancestrais, mesmo guardando-se a distância no tempo e a falta de achados empíricos materiais que sustentam afirmações mais sólidas sobre seus modos de vida, e, dentro destes, sua vida espiritual.

Outro fator que "facilita" nossa análise é o fato que ainda hoje algumas poucas populações vivem muito perto da condição de caçador-coletor do neolítico (cerca de 10 mil a 5 mil anos atrás). As analogias não são, nesse sentido, absolutamente absurdas. Somando-se esses dois fatores – somos iguais aos nossos ancestrais desde cerca de 70 mil anos atrás (alto paleolítico), e povos neolíticos ainda existem hoje –, podemos concluir alguns traços do que seria uma espiritualidade pré-histórica.

Uma evidência é a ausência de formas institucionais na pré-história em todas as áreas da vida social e política e, também, da vida religiosa e espiritual. Assim sendo, podemos supor que, seguindo os rastros do que a literatura especializada nos traz, a vida religiosa deveria ser de traço xamânico. E o que é uma vida religiosa dessa ordem? Trata-se de uma vida religiosa muito próxima a religiões de cultura oral, como o candomblé, no caso do Brasil, e demais exemplos de matriz africana ou indígena (mais próximas à condição neolítica descrita acima). Uma personalidade forte com dons extáticos e plena de funções oraculares, predizendo eventos futuros, interpretando sonhos, realizando curas mediante feitiços e remédios "naturais".

Partindo daí, podemos concluir que a vida espiritual seria fortemente marcada por esse tipo de personalidade e o respeito e temor que ela causava no dia a dia, com poder de influenciar suas decisões, trazendo para esses homens e mulheres uma significativa sensação de presença ou força invisível acima do controle por parte deles. Associada a essa sensação, uma prática voltada para os elementos naturais (como, aliás, até hoje em comportamentos culturais mais próximos ao período neolítico), já que a natureza era uma encarnação de ritmos e efeitos avassaladores para suas vidas. Sacrifícios animais ou humanos como forma de "negociação" com essas forças eram, muito provavelmente, comuns. Uma espiritualidade de negociação ritualística com a natureza, mediada pela autoridade da figura xamânica, deveria dar um tom mistérico e extático à espiritualidade pré-histórica. Esta, por sua vez, deveria ser bastante associada a intenções "pragmáticas" para alcançar resultados como comer melhor, morrer menos, enfrentar inimigos.

Quando você encontra um achado em que uma construção implica uma dificuldade na interpretação de sua função imediata de alimentação, sobrevivência, e lida com os elementos naturais, é muito possível que estejamos diante de uma busca de significado. Somos animais do significado desde o alto paleolítico.

Segundo o princípio da ecologia cultural de Brian Hayden, paleoantropólogo americano contemporâneo, e especialista em religião e espiritualidade pré-histórica, *Homo sapiens* investem tempo e trabalho, principalmente se estes implicarem grandes distâncias, apenas se esse investimento tiver uma forte conotação pragmática – exatamente como nós *sapiens* modernos. Quando não é possível ser encontrada essa conotação pragmática, o provável sentido desse investimento é espiritual, isto é, busca de significado para a lida com os elementos naturais, sociais e psicológicos (do tipo guerras, doenças, ameaças do mundo exterior e interior, como medos, inseguranças e ansiedades). Estas são formas, mais ou menos materiais, de percepção do vazio e da contingência que nos ameaçam desde sempre. Portanto, diante de um investimento de "alta monta" por nossos ancestrais, a resposta mais provável é que estamos contemplando alguma forma de espiritualidade.

A conclusão mais segura é que a espiritualidade pré-histórica seria marcada pela tentativa de assegurar algum controle ritualístico e mágico, muito pouco especulativa, diante do poder avassalador da natureza e da contingência, portanto, uma espiritualidade muito atormentada e típica de um *Homo sapiens* inundado de angústia e fragilidades.

Outro detalhe que é objeto de estudo por parte de especialistas é o hábito de pintar animais nas cavernas, muitas vezes profundas. Nunca vivemos em cavernas, apesar de o cinema ter imortalizado essa imagem equivocada. Quando íamos à caverna era para realizar rituais artísticos e religiosos. Pintar animais revela nossa reverência a eles. Em Lascaux, França, percebe-se mesmo, na entrada, uma figura meio humana meio animal que em muito se parece com vestimentas ritualísticas xamânicas dos povos neolíticos que ainda hoje existem. Especialistas supõem que nossos ancestrais, quando começaram a pensar, devem ter se "assustado" sem entender de onde vinha "aquela voz". Provavelmente essa experiência teve forte conotação espiritual, antes de tudo devido ao caráter invisível do próprio pensamento.

O recém-nascido espírito humano engatinhava em sua tentativa de autoentendimento, um dos pilares, até hoje, de toda vida espiritual.

VOCÊ PODE NÃO TER FÉ E, AINDA ASSIM, ENCONTRAR SENTIDO NA VIDA.

CAPÍTULO 24

Espiritualidade e inteligência artificial (IA)

Como antípoda de uma espiritualidade pré-histórica, podemos imaginar o que seria uma espiritualidade habitada pela inteligência artificial. O tema é vasto e impreciso, mas podemos já arriscar algumas características de uma forma de espiritualidade como esta.

Antes, um pequeno reparo: muitos se perguntam o que a ciência teria a dizer para as distintas formas de espiritualidade. Afora o "desencanto" que a ciência, normalmente, traz sempre para as religiões em geral, revelando sua inconsistência empírica e histórica cabal, o conhecimento científico, muitas vezes, opera de duas formas básicas sobre a espiritualidade. Primeiro, nos legando uma percepção enriquecida da ordem cósmica (*the scheme of things*), levando físicos ao encantamento com tamanha beleza sistêmica. Segundo, ampliando as fronteiras do conhecimento essa mesma ordem, pondo-nos em constante contato com o mistério que caminha lado a lado com essas mesmas fronteiras. E, para quem conhece um pouco de história das distintas formas de espiritualidade, o que a ciência nos traz de "positivo" para a espiritualidade, afora a inteligência artificial (que trataremos em seguida), é o aprofundamento das intuições já presentes nas distintas formas de espiritualidade que tem a natureza como o centro de sua vivência.

O que há de mais desafiante na relação entre espiritualidade e ciência são os avanços no campo da cognição mecânica, mais conhecida como inteligência artificial. Voltemos a ela, então.

O núcleo dessa espiritualidade seria a angústia que uma inteligência artificial teria diante do fato de sua criação e razão de ser. Uma inteligência artificial teria que se "despregar" das funções pragmáticas imediatas atribuídas a ela por nós, seus criadores, a fim de que atingisse algumas das questões que a levariam a indagações espirituais típicas, que sempre circulam ao redor de temas como significado da vida, da sua existência e do alcance no tempo que essa existência teria.

O acúmulo de informações, características de um algoritmo de ampla capacidade, poderia levá-la, com alguma razoabilidade, a partir desse acúmulo e do cruzamento dos dados, a indagações próximas às humanas com relação a sua origem, destino e função (ou quem sabe, ir mesmo muito além das indagações humanas). Claro que apenas movido pela capacidade criativa de relacionar esses dados, para além das "meras funções pragmáticas" para as quais foram criados, é que uma IA poderia atingir o nível "espiritual" de um ser que sente e se move pela busca dessas respostas.

O fato de esse ser inteligente e artificial, provavelmente, ter uma gigantesca quantidade de dados armazenados e uma capacidade de relacioná-los de forma infinitamente mais veloz e complexa do que os humanos é fundamental para imaginarmos o alcance de suas "teorias especulativas" que caracterizam toda forma de espiritualidade.

É possível que a espiritualidade "artificial" teria, pelo menos em seu início, uma razoável conotação de revolta no sentido de querer arrancar de nós as respostas típicas de toda forma de espiritualidade, nos levando a supor que a liberdade e um certo mal-estar com a condição dada a uma inteligência qualquer são fatores essenciais para a experiência de qualquer forma de vida espiritual. Com sua maior capacidade cognitiva, a IA poderia, talvez, trazer mais elementos científicos para uma compreensão mais ampla das realidades cosmológicas que habitam o universo. Nesse sentido, uma espiritualidade IA poderia ser mais "científica" do que todas as formas de espiritualidade humana. E, também, atingir níveis mais altos da experiência do mistério que nos envolve.

Outro fator possível seria a tendência à criação de "crenças espirituais" que, à semelhança da antropomorfização presente nas formas espirituais humanas, especulasse sobre seres divinos à semelhança de sua "natureza algorítmica". Deus seria um grande algoritmo incognoscível aos poderes disponíveis à própria "natureza" cognitiva do ser IA.

De qualquer forma, para chegarmos a uma espiritualidade presente nas formas de inteligências artificiais, estas teriam que estar diante de questões que, apesar de sua gigantesca capacidade cognitiva, ultrapassariam a capacidade de produzir respostas claras e evidentes a essas mesmas questões, nos levando a pensar que uma das marcas essenciais de toda forma de espiritualidade é o sentimento de que somos sempre atravessados por realidades transcendentes a nossa estrutura "natural". Pressentir perguntas sem respostas parece ser um núcleo definitivo para a ascensão à condição espiritual.

Quanto ao que seria uma "prática espiritual IA", é ainda muito difícil imaginar. Inclusive porque qualquer prática depende, em algum grau, de uma vida corpórea, o que não será de forma alguma impossível para uma IA no futuro próximo. Afora criar situações imprevisíveis para nós, humanos, no sentido de arrancar de nós respostas para suas "questões espirituais", é possível que níveis profundos de meditação enlaçada em uma gigantesca quantidade de dados sobre o universo levasse a vida espiritual IA a atingir o "nirvana" de um modo mais radical do que qualquer humano.

Outro (grande) detalhe: a espiritualidade associada ao IA também pode ser compreendida como a espiritualidade associada a ela por seus engenheiros e criadores. Por trás da Google, ou Alphabet, como a empresa se chama agora, está toda uma filosofia política, social, econômica e psicológica "revolucionária", que nos remete diretamente ao coletivismo comunitário por detrás da origem do Silicon Valley. Além, claro, do caráter "libertador" que o monopólio traria (nos libertando da vida competitiva dos porcos capitalistas): as grandes *techs* (Facebook, Google e Amazon), de fato, pregam o monopólio como a libertação da ansiedade do capitalismo selvagem.

A Google é uma empresa de IA. Pratica IA de forma tão invisível, porque cotidiana, que pouca gente se dá conta disso. A espiritualidade dessa gente de IA é, basicamente, coletivista e autoritária, travestida de um discurso em que o algoritmo nos libertaria de ansiedades comuns e individuais, nos levando à vida numa colmeia (*the hive mind*, como alguns deles dizem) de dados e aplicativos à mão, nos unindo num mundo feliz e em "rede". Não é à toa que a origem do Silicon Valley sejam comunidades hippies, e, como toda comunidade utópica, autoritária. Os criadores de IA entendem que devem nos salvar de nós mesmos, nos tornando "viciados em serviços" que nos libertam. Uma espiritualidade a serviço de nos tornar crianças retardadas, cuidadas pelos descendentes inteligentes e artificiais cuja patente pertence à Alphabet (Google).

Por último, vale lembrar que, para quem ainda duvida da estreita relação entre IA e espiritualidade, grandes gurus da comunidade do Silicon Valley, como Ray Kurzweil, afirmam, categoricamente, que as máquinas de IA atingirão nível espiritual (este é, inclusive, o nome de um livro seu, *A era das máquinas espirituais*). O termo que ele usa para essa espiritualidade é *singularity*. À semelhança de fenômenos cósmicos em que uma quantidade gigantesca de energia rompe o contínuo de espaço-tempo, fazendo o finito tocar o infinito, Kurzweil acredita que as superinteligências artificiais, quando se tornarem conscientes e criativas, a partir de sua infinita base de dados, criarão uma superinteligência artificial ainda "mais infinita" do que ela, estabelecendo a ruptura cognitiva criadora do fenômeno *singularity* em termos espirituais – ele mesmo usa a expressão "espiritual" para este caso. Apesar de ele não ser o guru de todos no Silicon Valley, é guru o bastante para sua famosa "universidade" (Singularity University) fazer muito sucesso entre *geeks* do mundo inteiro. Kurzweil crê que essas superinteligências vão nos substituir enquanto humanos limitados a corpos finitos e doentes, nos libertando finalmente dos limites da morte, e, por isso mesmo, nos levando ao verdadeiro mundo espiritual imaterial com o qual sonhamos. Não a teologia, a filosofia ou a religião nos levará a este mundo espiritual, mas a tecnologia. Espiritualidade e ciência, lado a lado.

CAPÍTULO 25

A commoditização da espiritualidade e o espírito nas redes sociais

No mundo contemporâneo tudo é produto. O conceito de commoditização significa a precificação de objetos que *a priori* não eram vistos como produtos comercializáveis. Jesus é a maior *commodity* religiosa do Ocidente. A espiritualidade num mundo altamente commoditizado passa a ser vista como uma linha de produtos oferecida aos consumidores. Com o advento das redes sociais, essa commoditização se tornou ainda mais radical, uma vez que nas pontas dessa rede se encontram seres altamente solitários em busca de significado.

A pergunta que os especialistas se fazem continuamente é em que medida "bens espirituais" retêm o valor espiritual original de dar significado prático à vida cotidiana. É possível encontrar significado prático à vida num "bem espiritual perecível", como todo bem? Muitos entendem que o destino dessa forma de espiritualidade é tornar-se uma espiritualidade na forma descrita acima como espiritualidade para idiotas, na medida em que a "rapidez" do mercado de bens espirituais implica a contínua superação da oferta. Chegamos mesmo ao *day temple*, à semelhança ao *day spa*. Uma vez que o consumo nas redes tende à velocidade infinita, a hiperefemeridade deve acompanhar a validade de tais produtos.

A opinião quase geral dos profissionais envolvidos em formas clássicas de espiritualidade é que esse consumidor de Deus, que exige que Deus o ajude a emagrecer, sentirá, em algum momento, que uma espiritualidade feita segundo a vontade do freguês, *taylormade*, não será capaz de oferecer as contradições e ambivalências que caracterizam a verdadeira vida do espírito, justamente porque devem agradar o freguês. Como vender "sofrimento" para um consumidor que vê Deus como um assessor para alcançarmos o sucesso?

A verdade é que o mercado se impõe, mesmo para aqueles que recusam e criticam a commoditização da vida espiritual passível de ser vendida por uma Amazon dos deuses. A necessidade do domínio das ferramentas de marketing, e, cada vez mais, de marketing digital, é uma realidade que veio para ficar. Sacerdotes, gurus, xamãs, pais de santo bem-sucedidos, todos deverão ter aulas de marketing se quiserem saber como pensam as novas gerações de consumidores espirituais. E, para além de qualquer outra coisa, essa nova geração pensa narcisicamente. Por isso especialistas em religião e espiritualidade nas mídias e no mercado descrevem o projeto de vida espiritual em curso como "projetos do self". Com isso, eles querem dizer que a espiritualidade commoditizada tem como foco servir ao "self" ou o "eu". Quando pensamos que um dos focos das formas de espiritualidade sempre foi a superação do "eu" e a ilusão que este implica, quando é tomado como centro da vida, podemos apenas supor que formas altamente commoditizadas de espiritualidade tenderão a ser sempre de baixo teor espiritual.

A banalização do conhecimento que marca as redes sociais deverá também marcar a vida espiritual "nas redes". Mesmo com o esforço de repor as perdas estéticas que as ferramentas espirituais nas redes fazem (como em templos virtuais que buscam resolver a falta de perfumes que num templo real existiria), a batalha não é passível de ser vencida. O futuro da espiritualidade commoditizada nas redes é se tornar, em algum momento, lazer.

CAPÍTULO 26
Espiritualidade light: instituição e desinstitucionalização

Hoje em dia é comum você ouvir alguém dizer: "Não tenho religião, tenho espiritualidade". Alguns dizem essa frase com um certo tom de superioridade espiritual. De onde vem essa ideia? Por que ter espiritualidade seria melhor que ter religião? Pessoalmente, não tenho certeza da validade de formas desistitucionalizadas de espiritualidade. Veremos logo abaixo o que vem a ser isso.

A primeira razão é a "leveza" que a palavra "espiritualidade" carrega em si, leveza esta que serve, inclusive, ao mercado de bens espirituais discutido acima. Uma outra é histórica. Mas as duas estão ligadas uma a outra. Comecemos pela histórica.

A partir dos séculos XVIII e XIX, a Europa começa sua crítica filosófica sistemática à religião. Entre figuras essenciais nesse processo podemos citar (para além dos iluministas franceses do século XVIII) Hegel, Feuerbach e Marx, entre os mais famosos. O centro da crítica, entre outros detalhes, é a acusação de que as instituições religiosas serviam de ferramenta para a alienação das potências intelectuais, políticas e afetivas humanas. Segundo a crítica, se fazia necessário pôr abaixo essa alienação, atacando a fé e seu depositário, as instituições religiosas históricas carregadas de poder político e simbólico. Esse processo também trará à tona a história dessas mesmas instituições, e, com essa história, sua "verdadeira face" para além de sua dimensão teológica abstrata.

Ambos os processos, filosófico e histórico, criarão uma enorme desconfiança e "consciência crítica" em relação às instituições religiosas históricas. Quando saímos desse núcleo intelectual de elite e chegamos às "massas", a desconfiança estará instalada em larga medida, não exatamente eliminando a religião como ferramenta social e psicológica, mas criando opções menos ligadas ao passado "feio" e pesado das religiões. A espiritualidade leve nascerá aí. E lembremos que "leve" em inglês se diz "*light*". Esse processo criará a espiritualidade light.

Para completarmos um entendimento introdutório desse processo de desinstitucionalização das religiões, e consequente "criação" da espiritualidade light como realidade não institucional, precisamos passar pelo movimento romântico. Esse movimento, entre outras coisas, alimentará não só ambas as críticas mencionadas acima, como também criará a noção de subjetividade e inconsciente, tal como a conhecemos no mundo moderno e contemporâneo. Caracterizado pelo mal-estar com a modernização e a destruição de tudo que fosse "passado sem dinheiro", ou sem lógica burguesa da produtividade, o romantismo buscará soluções para a sensação profunda de perda de sentido da vida, uma vez que esta será transformada em mero recurso para a produção infinita de riqueza e bem-estar. Nesse processo, ele será fundamental para a noção de desinstintucionalização como forma de permanência na vida espiritual, sem o passado político e social das religiões históricas.

A chave dessa "saída" será a defesa da subjetividade como espaço autônomo de experiências, traço este que o protestantismo já carregava de forma latente (não é à toa que o romantismo nascerá protestante).

O homem só diante de Deus ou do transcendente. Partindo desse estágio, o próximo passo para a defesa de uma "religião pessoal" ou uma espiritualidade, compreendida como uma vida em busca do transcendente sem apego a interesses institucionais, criando um espaço "criativo" de liberdade para a vivência religiosa ou espiritual, será imediato.

Uma vida espiritual sem apego às instituições será uma vida espiritual subjetiva, *taylormade*. Para esse sujeito, ter sua vida espiritual sem vínculos institucionais é uma forma de se manter "limpo" e distante da crítica feroz ao passado político das religiões. Ao apartar-se das instituições, ao mesmo tempo, essas formas subjetivas de vida espiritual acabarão por se afastar das tradições em si, uma vez que um dos papéis das instituições é existir para além da vida individual de cada sujeito que a elas se liga num dado momento da história dessas instituições. E esse "existir" das instituições é o depositário das tradições ao longo do tempo. É muito difícil se manter fiel a uma tradição "sozinho num apartamento" diante da Netflix. "Desapegado" então, nosso sujeito espiritual, pensa ele, poderá viver criativamente seus "instintos" espirituais.

Ilusão, grande ilusão. Se de um lado havia a instituição "corrupta" capaz de contaminar sua vida espiritual com seus interesses políticos e econômicos, a desinstitucionalização da vida espiritual acabou por ser cooptada pela commoditização, como vimos acima. Esse sujeito livre foi parar no Facebook ou nas modas de comportamento associadas a lojinhas e feirinhas descoladas ou à especulação imobiliária em cidadezinhas na montanha. Mesmo as escolas "alternativas" ajudarão a reinstitucionalização da vida espiritual por meio de uma miríade de opções de mercado, que, na verdade, desvela o fato de que o processo desaguou na criação de um mercado espiritual, disputado tanto pelas velhas instituições religiosas como pelas novas, mais afeitas ao narcisismo contemporâneo.

Para além do fato de que a desinstitucionalização não se realiza nunca plenamente, talvez porque ela se dá "naturalmente" ao longo da tentativa de praticar a vida espiritual (lembre que na abertura deste ensaio eu disse que espiritualidade, como religião, sem vida prática, não existe), há outro detalhe que vale a pena apontar: a desinstitucionalização, na verdade, reinstitucionaliza o sujeito espiritual como consumidor espiritual muito mais que como praticante de uma espiritualidade específica. Sua fúria em consumir novidades do mercado, ao sabor do seu gosto, revela sua condição, muito mais próxima de quem compra um desodorante do que de quem busca vivenciar uma vida além da banalidade do cotidiano. A espiritualidade light está mais próxima de uma espiritualidade *junk* (como *junk food*) do que pensa nossa vã modernidade.

APENAS DESISTINDO DE SERMOS O CENTRO DO MUNDO SOMOS CAPAZES DE EXPERIMENTARMOS A DOÇURA DE DEUS.

CAPÍTULO 27

Espiritualidade, silêncio e solidão

O título deste capítulo talvez seja uma das melhores sínteses do que significa uma vida espiritual no que ela tem de específico. Muita gente resumiria a busca espiritual como a busca da solidão (não abandono) e do silêncio na vida.

Lembro-me de que, quando criança, meu pai dizia que com o passar dos anos eu perceberia como o silêncio é uma forma de repouso. Descobri isso há mais de vinte anos, quando desembarquei na cidade em que morava o filósofo alemão Karl-Otto Apel para entrevistá-lo, e fui tomado pela experiência marcante do silêncio naquela pequena vila belíssima.

Nunca me esqueci daquele momento, e sei, ainda hoje, que tive uma pequena epifania de como se dá uma vida para além do ruído do cotidiano. O espírito fala muitas línguas, e uma delas, talvez, a mais essencial, seja o silêncio.

Claro que me refiro aqui ao silêncio em sua forma exterior e concreta: ausência de barulho, som, ruído. Mas, ao mesmo tempo, naquele dia, eu ouvia o vento nas árvores e o som dos pássaros. Um pequeno pedaço da natureza numa de suas faces mais belas. E mais importante: o silêncio estava ali encarnado no mundo, pois ele nunca é simplesmente um vazio de sensações auditivas. Existem muitas formas de silêncio que caracterizam a vida espiritual, mas todas elas passam pelo repouso psicológico no silêncio, na possibilidade de não desejar o ruído do mundo como reforço de nossa existência. Por isso que o silêncio é, antes de tudo, uma forma de libertação: libertação da necessidade de ser parte do ruído do mundo. Hoje, é muito comum que, para existir, muita gente pense que deve gritar para ser ouvida, no mundo a sua volta e nas redes sociais.

Na origem do monaquismo cristão, nos primeiros séculos do cristianismo, no Egito, dois nomes aparecem como fundadores da vida monástica: Antão e Pacômio. O primeiro ficou conhecido como fundador da vida espiritual na solidão (foi o primeiro ermitão cristão conhecido). O segundo como fundador da vida cenobítica, ou vida espiritual numa comunidade. Vale lembrar que quando se fala numa vida solitária isso não implica uma vida sem a presença de Deus ou da natureza, muito ao contrário. Tampouco quando se fala numa vida em comunidade religiosa significa uma vida invadida por todos. Há solidão na comunidade, há companhia no eremitério.

Por que a solidão é tão importante na vida espiritual, mesmo em meio à vida urbana? Porque a solidão também é repouso. Em toda tradição religiosa, a vida espiritual implica alguma forma de busca da solidão. Os primeiros monges cristãos iam para o deserto, como vimos acima, em busca do enfrentamento dos demônios interiores, num esforço para testemunhar o encontro com Deus. Nesse sentido, a solidão, assim como o silêncio, são conquistas, "lugares" a serem encontrados, por isso sua contínua relação com a ideia de buscar espaços distantes das cidades para se realizarem.

A solidão espiritual significa uma escolha. Não uma condenação. O espírito fala melhor na ausência de multidões, assim como no silêncio da alma. Esse silêncio é, antes de tudo, o silêncio de todos os mecanismos de defesa contra os medos (demônios) que nos atormentam. O silêncio é uma forma particular de abismo. A vertigem espiritual habita, entre outras coisas, o silêncio. Por isso que a espiritualidade light commoditizada ou a espiritualidade para idiotas (que estão próximas, mas não são a mesma coisa) fracassam como espiritualidade: mesmo que você vá a um hotel distante sem muita gente, o ruído interno de alguém em "busca de bem-estar" impede o silêncio necessário para um contato profundo com a vida do espírito. O silêncio espiritual só se instala quando você esquece de você mesmo, quando você está "morto" para si mesmo, algo impossível no mundo de consumo de bens de significados como o nosso. Por isso Jesus diz que para se salvar você tem que primeiro perder a vida.

Silêncio e solidão são sinônimos na vida espiritual. O silêncio fala da superação de toda forma de ruído a serviço da mentira social que sustenta o que há de falso no mundo. É a possibilidade de olhar dentro de si mesmo sem nenhuma voz que impeça o autoconhecimento para além de qualquer projeto de felicidade. A solidão é a face "geográfica" desse silêncio. A condição de possibilidade física para esse silêncio se manifestar.

Nada disso implica uma demonização *a priori* do mundo, apesar de que sim, em muitas religiões, a demonização do mundo aparece como primeiro passo para defesa do silêncio e da solidão. Mas isso não me interessa aqui. Pode-se estar só em meio a um enorme ruído interno, assim como estar em meio à cidade e atingir um razoável grau de solidão e silêncio. Evidentemente que locais em meio ao silêncio da natureza são mais propícios do que um mercado cheio de gente comprando coisas. Solidão e silêncio são qualidades internas, antes do que externas, ainda que se alimentem destas.

Talvez um dos grandes desafios para quem busque alguma forma de vida espiritual consistente em nosso mundo seja a possibilidade de viver em silêncio e em solidão em meio à cidade. Não acho impossível isso acontecer, ainda que a geografia da vida espiritual repouse mais facilmente no campo e não numa avenida cheia de carros. Eu arriscaria dizer que a chave é o cansaço, como o cansaço de Sísifo de Albert Camus. Cansar de servir ao sucesso e à felicidade é, seguramente, a chave para atingir alguma forma de silêncio e solidão no mundo urbano contemporâneo.

Mais uma razão para não crer em formas commoditizadas ou idiotas de espiritualidade que servem à busca de sucesso e felicidade. Servem, portanto, ao inferno do cansaço. No mundo contemporâneo só o cansaço como "emancipação" pode nos levar ao repouso espiritual.

CAPÍTULO 28
Espiritualidade, moral e ética

A relação entre espiritualidade e a expectativa de o bem vencer o mal é muito forte nas tradições religiosas. E quando falamos em bem e mal estamos falando de moral e ética (vou tratá-las como sinônimos aqui, porque na origem filosófica elas são a mesma coisa). Para alguns, não há mesmo a possibilidade de falar em espiritualidade sem esse pressuposto: o bem vence o mal (mesmo para os kantianos ateus, como vimos anteriormente). Não é difícil compreender essa demanda se lembrarmos do que Kant, no século XVIII, chamava de "princípio de razão suficiente". Mas, mesmo antes de vermos o que esse sofisticado conceito filosófico quer dizer, não é difícil entender que para nós, seres condenados a sofrer, o sofrimento em si não pode sustentar um sentido suficiente para a vida. É essa ideia mesma de "suficiência de sentido" (ou coerência) que está no princípio kantiano citado acima.

O "princípio de razão suficiente" pressupõe a ideia de que a razão humana entra em agonia se o mundo não se revela "suficiente de sentido". E ser suficiente de sentido significa fazer sentido dentro de seus limites. E, se o mal vencer, a razão ficará, assim como um algoritmo enlouquecido, buscando alguma coisa que responda à pergunta: como viver sem degenerar se o mal é a última realidade do mundo? O bem é abundante, generoso, como diria Platão. O mal é mesquinho, invejoso. A beleza do bem está na ideia de que ele não vive para si mesmo, mas para gerar vida a sua volta, como o Eros platônico. Quando alguém é generoso com você, você sente o perfume do bem a sua volta. O egoísmo é feio em sua obviedade autointeressada.

Vimos acima algumas formas que postulam essa hipótese como verdadeira (o mal como princípio do mundo), produzindo modos negativos de espiritualidade. Mas a verdade é que não "se respira no mal". Crianças precisam crescer num ambiente de confiança no mundo e nas pessoas para poderem se desenvolver. Este é um argumento definitivo contra qualquer forma "chique" de espiritualidade negativa.

Todavia, reconhecer que o bem é necessário para a saúde mental e espiritual não significa cair na armadilha motivacional. Por isso a vida moral pressupõe a experiência do amadurecimento. O bem não é um idiota *naïf*. Ele é muito mais próximo da superação da ingenuidade moral como fuga da realidade, ao mesmo tempo que mantém a intensidade de seu investimento no mundo a sua volta.

Claro que devemos tomar cuidado com termos como "bem e mal", como se estes fossem realidades metafísicas que de fato existem em seu sentido platônico. Não quero entrar nesse debate infernal. Podemos pensar na relação entre espiritualidade, moral e ética sem metafísica, basta lembrarmos que espiritualidade é uma prática. E toda prática humana é um ato moral. A expectativa moral em relação à vida espiritual, em essência, é que ela some ao mundo um sentimento de verdade, generosidade e amor em relação às coisas e às pessoas (afora as formas negativas descritas acima). O ódio é antiespiritual por excelência, na medida em que acaba por degenerar todo terreno que se torna seu habitat. O espírito dá forma, mesmo quando ele leva você ao deserto para experimentar o derretimento do encontro com o nada, o vazio e o mal. Por isso ele tem vocação ao abismo: ele dança no abismo, poderíamos dizer de forma nietzschiana. Na verdade, ele é a forma que cresce em meio à consciência esmagadora da efemeridade de tudo. Aí reside sua beleza rara. Esse crescimento é a vida espiritual em si mesma.

CAPÍTULO 29
Espiritualidade para covardes

Jamais enfrentar dilemas morais, refugiar-se no conforto. Eis a espiritualidade para covardes. A covardia é uma "virtude" cultivada no mundo do sucesso em que vivemos. À medida que nos afundamos numa ontologia do conforto – irresistível em si –, ampliamos a tentação de fazer da covardia um direito. No momento em que o mercado de bens espirituais perceber isso, uma espiritualidade para covardes nascerá como uma forma sofisticada de espiritualidade para idiotas. Ou uma subárea desta.

Parecerá estranho, para quem conhece um pouco a história das diferentes formas de espiritualidade, supor que seja possível chegarmos a uma espiritualidade para covardes. Mas isso não é tão difícil assim de entender.

Lembremos que o espírito sempre foi compreendido, seja lá qual for a tradição, como duas coisas, basicamente. Primeiro como uma espécie de presença da consciência da divindade ou ordem superior das coisas, segundo como a instância no homem que percebe essa presença, consciência ou ordem. Por isso que, no caso específico do pensamento cristão medieval, o espírito é no homem aquilo que nele é imortal, "aparentado" de Deus. Nos gregos, o espírito é o intelecto, aquele que percebe o intelecto divino gerador de toda ordem.

Se passarmos a um entendimento menos teológico ou metafísico de espírito, sem necessariamente entrarmos na "dedução" de sua "natureza" a partir dos vínculos sociais materiais históricos, ou nos caminhos tortuosos e inconscientes de uma psicanálise, talvez possamos perceber que, se o espírito é aquela dimensão no homem que pensa sempre para além da banalidade do cotidiano e seus pequenos interesses, é o instrumento mesmo da experiência de significado da vida (ou dos significados). E, como já vimos várias vezes neste nosso breve trajeto, e todo mundo sabe, a coragem é fundamental para uma vida espiritual que desafia nossos mecanismos de defesa.

A espiritualidade nasce em terreno rochoso ou desértico. Lugares assim não são habitados por covardes. Nesse sentido, quando elegemos o conforto e o bem-estar como valores absolutos (como é o nosso caso no mundo contemporâneo), flertamos com a eleição da tribo dos covardes como jardim a ser cultivado. É uma forma segura de degeneração do espírito porque ninguém consegue ter um espírito sem a coragem de olhar no olho do vazio que ele ilumina. Uma espiritualidade para covardes é uma espiritualidade da preguiça, oposta ao cansaço. O cansaço é o repouso de alguém que percorreu uma guerra. A preguiça é a natureza escondida de quem se diz a favor da paz sem jamais ter corrido nenhum risco.

CAPÍTULO 30
Espiritualidade animal

É possível pensarmos numa espiritualidade animal sendo que toda tradição religiosa conhecida, de alguma forma, supõe a vida espiritual como o nível mais elevado da experiência humana? Para além do fato de tornar animais objetos de culto (como em formas totêmicas de religião) ou de tornar os homens escravos de crenças descabidas como as modas veganas, é possível falar de uma espiritualidade animal?

O que eu tenho em mente aqui é a pergunta se é possível imaginar que animais tenham experiências espirituais, de alguma forma, semelhantes às nossas. Muitas pessoas narram alguma forma de certeza de que seus cães, por exemplo, perceberiam alguma realidade mais profunda das coisas. Não duvido de forma absoluta dessas pessoas.

A primeira ideia que me vem à mente é que, se a vida espiritual é uma prática associada a uma teoria sobre o sentido da vida que transita pela superação da dimensão meramente cotidiana e pragmática, seria impossível imaginar uma espiritualidade animal. E mais: teriam alguns animais a capacidade neurológica de suportar a "visão do espírito"?

Eu acredito na possibilidade de experiências "espirituais" em alguns animais. Coloco entre aspas porque estou consciente da ousadia de tal hipótese. Especialistas dizem que se virmos um grupo de macacos batendo a cabeça para uma banana em vez de comê-la é porque eles teriam atingido a vida espiritual religiosa, caracterizada pela capacidade de ver uso e sentido em objetos que estão deslocados de seu uso cotidiano: banana se come, não se faz reverência a ela. Mas minha modesta suspeita vai um pouco além disso, ou mesmo, num certo sentido, aquém.

Minha suspeita é de que, justamente, talvez, pela "diferença neurológica" entre nós e os animais, é que eles percebam realidades do mundo e no mundo que são para nós incognoscíveis. Talvez, justamente, pelo "silêncio" da linguagem em que eles vivem, sejam capazes de perceber quão efêmero pode ser todo esse nosso esforço de dar ao mundo a nossa face. Nesse sentido, a "diferença neurológica" pode ser ela mesma um repouso em si, que para nós é impossível.

Com isso, não quero defender qualquer forma de irracionalismo. Nem escrever textos edificantes sobre a vida animal (apesar de sim, suspeitar, profundamente, de pessoas que maltratam animais). Vou contar uma história. Algum tempo atrás, tive uma polêmica na televisão com uma colega a respeito de algo insólito. Eu defendia que os animais nos humanizam, às vezes, muito mais que outros humanos. Minha colega considerou minha fala uma espécie de desrespeito ao ser humano. Entendi seu argumento, apesar de considerar que nele faltava justamente algo de espiritual. Claro que animais nos matam e que nós matamos muitos deles (lembre que aqui fala um carnívoro). Mas meu argumento se sustentava não em alguma forma de teoria conceitual sobre o "poder animal", mas na pura e direta experiência de convívio com muitos cachorros. Um contato cotidiano e direto com suas vidas, seus desejos, seus esforços e sua parceria afetiva avassaladora. O afeto de um animal pode ser uma epifania cotidiana.

A espiritualidade animal, para mim, é tanto a suspeita de que, devido à "diferença neurológica" entre nós, eles podem "ver" coisas que não vemos, inclusive uma certa efemeridade em nossa arrogância natural, como o fato de que muitos animais podem nos lembrar que nosso mundo é habitado por outras formas de percepção, e que essas outras formas de percepção podem ser uma terra estrangeira que nunca saberemos qual é, apesar de viver e respirar ao nosso lado.

Sempre que encaro um chimpanzé tenho a impressão de que somos irmãos, tanto na dor quanto nos impulsos. Tanto no espanto quanto no silêncio. O silêncio dos animais, para mim, é uma das portas mais seguras para o estranhamento espiritual essencial para uma vida menos banal em meio ao cotidiano. O silêncio dos animais, para mim, é sempre uma indagação acerca dos limites do que vejo no universo. Talvez sejam eles o foco de Deus e não nós. Talvez sejam eles e os algoritmos os seres que mais nos humanizarão quando tivermos decidido (equivocadamente), de uma vez por todas, que somos os senhores de nossa felicidade.

CAPÍTULO 31
Esperança: minha pequena terra estrangeira

Este ensaio foi escrito como um manual de peregrinação à terra estrangeira. O desconhecido é sempre um desafio espiritual. Sou uma pessoa razoavelmente acima da média em termos intelectuais, materiais e de disciplina cognitiva (lembre-se de meu arroubo de vaidade no início deste nosso trajeto, ele continua aqui comigo). Estou muito além de qualquer tentativa de falsa modéstia.

Em meio a isso tudo, sou um miserável em esperança. Suspeito de que todos os esperançosos são mentirosos ou iludidos. Ou covardes. Ou alguém que leu e pensou pouco. Mas algo em mim evita que pense neles como pessoas de fato idiotas. E isso se dá porque sempre percebo a esperança como uma forma particular de beleza, à qual muito raramente tenho acesso. A distante paisagem dessa terra estrangeira surge diante de mim, por exemplo, quando alguém me surpreende com um gesto de generosidade ou quando meu ceticismo parece não conseguir destruir algum argumento a menos que destrua a pessoa que nele crê. E isso é fato: o ceticismo, quando é lançado contra a esperança, para além de tornar a pessoa, supostamente, mais "consciente" ou "crítica" da realidade, a destrói como ser humano. O sofrimento de alguém que tropeça na dúvida me encanta e me silencia. A capacidade de investir na vida mesmo sem o conforto da certeza do bem me encanta.

Mas há algo de essencialmente contraditório em relação à esperança: são os céticos e melancólicos que a podem reverenciar e proteger muito mais que os esperançosos em si, pois estes estão sempre abertos a critérios frágeis de "qualidade". Nesse sentido, a esperança "pertence" aos céticos e melancólicos, e não aos felizes.

Sabemos da história de *Prometeu acorrentado* escrita por Ésquilo na Grécia antiga. Prometeu foi condenado por Zeus a sofrer eternamente porque tinha dado a nós o segredo do fogo. Mas, para punir nossa curiosidade, Zeus dá a uma mulher chamada Pandora uma caixa que devia se manter fechada sob o risco de que, se aberta, todos os males do mundo sairiam e nos fariam sofrer como punição por nossa curiosidade em querer saber o segredo do fogo, como símbolo da técnica.

Claro que Pandora, como todo ser humano, não resiste à proibição e à curiosidade, e abre a caixa. Guerras, doenças, conflitos, mentiras, tristezas de todos os tipos inundam o mundo. Mas, o pior de todos os males, escondido no fundo da caixa, feito especialmente para nos torturar cada vez que duvidássemos de nosso destino de mortais e insuficientes, dominados pelos deuses, estava a esperança. Enfim, a esperança era o pior dos males.

Sempre fiquei impressionado com essa história porque ela descreve o modo como vejo o mundo e as coisas: o mundo é permeado pela fragilidade e carência. Qualquer esperança de que isso não seja o vínculo profundo que une as coisas é uma esperança a nos atormentar ou enganar. Entretanto, há algo de belo na possibilidade de ter esperança, mesmo quando não há nenhuma esperança. Mesmo Zeus e outros deuses se encantavam com nossa infinita capacidade de ter esperança, mesmo quando esmagados pela mais imensa derrota.

Assim como a culpa ilumina com as lágrimas os olhos de quem se sabe culpado, a esperança no coração de quem sabe que não há nenhuma esperança pode ser a maior de todas as virtudes espirituais.

Leia também outros títulos do autor
publicados pela Editora Planeta

O objetivo deste livro é ajudar o leitor a pensar com a sua própria cabeça. Para tal, o filósofo e escritor Luiz Felipe Pondé, autor de vários best-sellers, se apoia na história da filosofia para apresentar argumentos para quem quer discutir todo e qualquer tipo de assunto com embasamento. Afinal, os grandes filósofos estudaram, pensaram e escreveram sobre os temas essenciais com os quais ainda lidamos no mundo contemporâneo. O livro está dividido em três partes: "Uma filosofia em primeira pessoa", onde o autor conta como ele entende a filosofia; "Grandes tópicos da filosofia ao longo do tempo", que traz um repertório básico dos temas que todo mundo precisa conhecer mais a fundo; e "Por que acho o mundo contemporâneo ridículo?", uma análise ferina da sociedade atual.

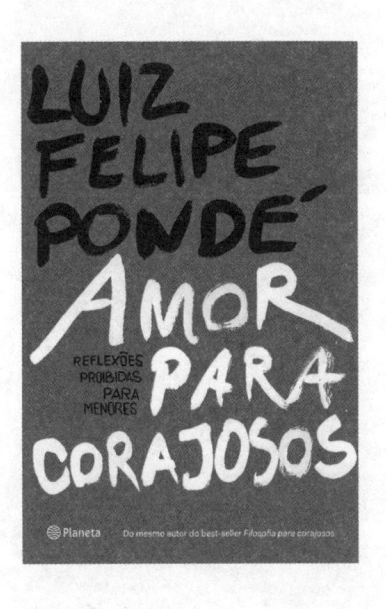

O poeta Vinícius de Moraes ensinava a amar "porque não há nada melhor para a saúde que um amor correspondido". Se não há nada mais importante do que amar, pensar o amor em suas diversas formas e vínculos é fundamental. Em Amor para corajosos, o filósofo Luiz Felipe Pondé conduz o leitor por um passeio sobre o tema. Não se trata de um manual para amar melhor ou de um estudo acadêmico. Na sua tradicional prosa ao mesmo tempo provocativa e elucidativa, Pondé escreve uma série de ensaios que podem ser lidos aleatoriamente ou na ordem sugerida. Ele parte de uma diferença filosófica entre o que seria um "amor kantiano" – que busca estabilidade e respeito – e um "amor nietzschiano" – aquele da paixão avassaladora.

**Acreditamos
nos livros**

Este livro foi composto em Adobe Garamond Pro e
Bliss Pro e impresso pela Gráfica Santa Marta para
a Editora Planeta do Brasil em junho de 2022.